だいわ文庫

コンプレックス・プリズム

最果タヒ

大和書房

コンプレックス・プリズム

最果タヒ

はじめに

劣等感とはいうけれど、それなら誰を私は優れていると思っているのだろう、理想の私に体を入れ替えることができるなら、喜んでそうするってことだろうか？　劣っていると繰り返し自分を傷つける割に、私は私をそのままでどうにか愛そうともしており、それを許してくれない世界を憎むことだってあった。劣等感という言葉にするたび、コンプレックスという言葉にするたびに、必要以上に傷つくものが私にはあったよ、本当は、そんな言葉を捨てたほうがありのままだったかもしれない。コンプレックス・プリズム、わざわざ傷をつけて、不透明にした自分のあちこちを、持ち上げて光に当ててみる。そこに見える光について、今、ここに、書いていきたい。

コンプレックス・プリズム

はじめに　5
天才だと思っていた　10
わたしのセンスを試さないでください。　17
謙虚殺人事件　24
本気の「好き」じゃないんじゃない？　28
「変とか言われて喜ぶやつは凡庸だ」　36
慰めたいとは思うけど。　43
生きるには、若すぎる。　48
私はだれも救えない。　52

成人の日に。 58
正しさを気取っている。 61
何もしたくないわけではないし、できないわけでもないが、しない日。 69
この良さが、わからないなんてかわいそう。 75
話すのが苦手って、本当？ 81
自分大好きちゃん 88
憧れは屈辱。 94
心をあなたに開かない。 102
拝啓、私は音痴です。 109
恋愛って気持ちわるわる症候群 113
「悪い人なんていないと思う」 119

音楽に救われたことがない。 123
どうか話しかけないでください。 129
全てはにわかから始まる。 136
私は、バカじゃない。 141
どうか味方ができませんように。 150
優しさを諦めている。 155
結論至上主義破壊協奏曲 162
言語化中毒 169
あとがき 174

文庫版おまけエッセイ

まったく器が大きくないよ　178
幸せになりたいとかはない　186
大体のものが大体おもしろい　191
文庫版あとがき　199

天才だと思っていた

13歳。

一体なんの天才なのかはわからないけれど、でも自分は確実に、何かの天才なのだと信じていた。それは自信があるとかそういうことではなかった、ひとりの人間として、世界をかろうじて直視し続けるために、どうしても必要な「言い訳」だったと今は思う。

当時の私には、なんにもなかった。オリンピックを目指すほど、のめりこんだスポーツもなく、弁護士になると決めて今から猛勉強をするようなそんな友達に比べると、将来のことは考えていなかったし、考えても、そのために今を燃やし尽くそうなんて思うことはなかった。ただの13歳で、世間が認めるような結果を出したこともなかったし、それだけじゃなくて、自分を焼き尽くすような努力もしていなかった。自分という存在が、アイデンティティが、未来まで連続して存在している感じがしない。ただ私は今日も、出された宿題をやって、授業を受けて、走って、友達と雑談して、1日をやりすごしている。私は未来の自分のために、何一つ行動を起こせていなかった。それは普通のことなんだけれど、でも、普通のこと、という言葉がなんの慰めになるんだろう。スポーツや将棋や勉強や芸術、そういうものに明け暮れて、その道を極めるんだと決めた同い年の子がまぶしい。必要な努力ならいくらだってしようと思った、でも、なんの努力をしたらいいのかも不明だった。私にはそれなりに好きなことはたくさんあったけれど、極めたい、極めよう、と当たり前に思うものなんて、何一つなかったんだ。

そして、それでも自分を天才だと信じていた。

信じて、意味があったと思います。私の勝手な思い込みだけれど、ものを作っている人の中には、自分は天才だと盲目的に信じたことのある人、結構いるんじゃないのかなあ。そうでなければ、こんなにもたくさんの才能が、作品が、ある世界で、一から何かを作ろうなんて思えない。私はそうだった。書かなくても、名作なんてたくさんあるじゃん。歌わなくても、名曲なんてたくさんあるじゃん。インターネットにつながれば、いくらでも面白い人がいて、それを追いかけていれば人生は充実し、終わっていくだろう。それでも私は作りたかったし、作りたいと思えたのは、無根拠に「天才」と信じていたから。石井裕也監督とラジオで共演した時、自然と、自分を天才だと思っていた時期のことが話題になった。石井監督にもそうした時期があり、なによりそうした話が当たり前にできるということが、私には随分と救いだった。私と、世界の間に橋がひとつかけられたような、そんな気がして安心していた。「天才」、私には、突き進むためにどうしても必要な言葉だった。ばかみたいだけど、でもばかみたいにそう信じた自分を今は褒めたい。ばかでありつづけたその勇気みたいなの、抱きしめてあげたかった。

ばかみたいだって、当時からわかっていました。天才と自分を信じるだなんて、それこそ傲慢だとわかっていたし、だから私は自分のそういうところが恥ずかしくて仕方がなかった。他人にバレていないか毎日心配で、「プライドが高そう」とかそんなことを少しでも言われたら泣きたくなるほど傷ついた。けれど今、むしろ傲慢だったのは、私から見た「世界」そのものだったと思うのです。完成されている世界、すばらしいものが本屋やCD屋で簡単に手に入って、テレビをつければ才能や天才という言葉が氾濫している。最年少受賞だの初出場で優勝だの。私の瞳には、世界は「認められた人」だけで構成されているように映っていた。私なんていなくても大丈夫な世界。そんなの、最初からわかっているのに、才能とか天才とか、最年少とか、そういう言葉まで使って、世界は傲慢なぐらい、私のことを一粒残らず消し飛ばそうとしていた。でも私は、生きてかなくちゃいけないんです。だからどうしても、私は私を特別と思っていなくてはいけなくて、「これから大人になるというのに、私はいつまで無根拠に、私のことを守れるだろう？」不安で、泣きたくなる。この世界に紛れてしまって、いつか私も私を見つけることができなくなるんじゃないだろうか。私は、私を特別だと信じているだけじゃきっとダメなのだ、そろそろ世界にも、私を特別だと証明しなくてはいけないんだろう。子どもだから特別で、子どもだから愛されて、それが、今まで。それなら大人になったら、私、どうなるのかなあ。このままならばきっと、溶けていくしかない、消えて、馴染んでいくしかない。だから私は、かけらでもいいから残りたいと願ったし、残ろうとする自分を諦めたくなかった。

何を作ってみても、それが世界を変えるすばらしい出来、と盲目的に信じることはできなくて、ただただたくさんの傑作がある世界の中で、私は一人もぞもぞと何をしているんだろうなあ、と思った。それでも作るのをやめない、残そうとするのをやめない、そのために私は言い訳をしていかなくてはいけなくて、そこに必要な言葉が私にとっては「天才」だった。自信でもないし、傲慢でもなかった。自信過剰で恥ずかしいなんて、コンプレックスに思っていた当時の私に、違うよ、と言いたい。そんな強い言葉でしか、もうはげますことができないぐらい、私は特別というものを失いかけて、崖の上にいる気がしていた、はやく、私は何者かにならなくちゃと雲の向こうを見つめていた。

わたしのセンスを試さないでください。

　ステッカーを買って、MacBook に貼ろうかななんて考え始めたら背中らへんに汗が出る。あえて片方の袖が長くて、あえて片方の肩がでている服、しかも首をこちらから通すこともできるんですという説明を受けながら、いろんな着方ができる服、というのが本当に怖い、恐怖、と繰り返し思った。iPhone ケースとか、AirPods もおしゃれなケースにするのが一番怖い。できるだけ変なケースがいいし、もはやその焦りでケースを個人輸入するまでに至った。オシャレになりたいわけでも、ダサくなりたくないわけでもなくて、「へえ、そういうのをオシャレって思うタイプなんだね」という思考にとにかく晒されたくない。わたしのセンスを試さないでください。センス最強決定戦に勝手に参加させないでください。どうして、人はそれぞれ好きなものが違うのに、でもある程度は同じ美しさやかっこよさの評価基準を持ってしまっているのだろう。完全にそれぞれの好みが違っていればこんな決定戦に呼ばれることはないのに。最上の好きなものを見つけて幸福なにんげんが、最強かは知らないがわたしの目指すものです。

ダサいという感覚、センスがいいという感覚が、あきらかに人によって違うのに、どうしてあんなにも堂々と他人に指摘できるのかわからない。「ダサい」と言うことで、また別の人間から「こいつわかってへんなあ」と切り捨てられる可能性って高いのに、どうしてやっていけるのか。こわくないのか？

ひとが、ダサいと平気で言うのはなんなのだろう。本人はそれを選んできたのに、どうして他人がそれを否定できるのだろう。そりゃ、自分はそれを着ないなあ、とかあるのかもしれないけど、誰も着ろと言ってない。自分も着てみたい服をどこからか見つけてきた人がいたら「えー、すてき！」って言いたくなるのはわかるけど。それだって、「それを選ぶあなたっていいセンス」ではなくて、「私もその服好きだわ〜！　キャピ」でいいのではないか。センスがあるなしで人を評価しようとする限り、あなたもまたその目で誰かに見定められてしまう。好きなものを好きというだけで選ぶことが困難になる一方なのだけれど、しかしそれでもセンス最強決定戦は続いていく。

服をもっと好きになればいいのだ、とわたしは思う。だから思う。もっとめちゃくちゃに服を好きになって、見る人が「もうこの人は世界の基準など無視している！」と思うほどに服に狂えばよいのだ、と思う。服が好きだ、猛烈に好きだし、狂っていると言えるほど買うけれど、でもそれが、センス最強決定戦から逃れるためだ、というのもあながち嘘ではない気がしている。こんなことがなければもしかして、服をここまで好きにはならなかったのではないかって。iPhoneケースだって、ケースがすごく好きな人みたいにずっと検索して、これだという珍妙なものを探し出した。ケースにこだわる人、みたいになっている。本当は、センス云々の戦いから脱出したいだけだったのに。

ファッションというのは他人に見せるものだから、他人への圧であることはたしかなのだ。どんなに好きなものを身につけていても、それが好きな私です、という自己紹介にはなってしまうし、どうやってもそのことを加味したコミュニケーションが行われる。かわいい服を着ている人にはパンケーキ食べに行こうかというのに、大人っぽい服を着ている人にはむしろお酒のほうがいいのかな？　と勝手に推測してしまう感じ。そしてそれをどこかで許している空気がある。だって服は顔とか体型と違って、ある程度自由にえらべるものだから。え、本当か？　わたしはこの感覚がマジでわからない、あれだけダサいとかセンスあるとかいう視線で満ちたこの世界で、ほんとうに服は「自由」なのか？　服で、その人の感性や趣味を知ることができると思っている人はあまりにも能天気すぎないだろうか。

服を自由に選べるのは、服に魂をかけている服狂いだけである。選ぶ、という猶予をあたえているからこそ、余計に不自由になっていく。何を選んでも背後から「あ、それを選ぶんだ〜」という声が聞こえるこの世界よ、去ね！

そういうわけでわたしは服狂いとなった。自由にできるお金のほとんどを服に使うし、服を探すためなら何時間でも歩き回れるし、わたしはだから自分をめっちゃ服が好きだと信じているしとても楽しんでいるけれど、本当はそれだけじゃないんじゃないかとどこかでずっと思っている。狂うほど好きになるほうが、ほんといろいろ楽と、正直思ってしまうんです。本来なら、服が好きなわけでもない人も、服に対して自由であるべきだし、それを許さないこの世界こそわたしは嫌い。どうか、わたしのセンスを試さないでください。愛などなくても服を自由に、選べる世界で、狂気を捨てたい、以上、最果タヒでした。

謙虚殺人事件

謙虚とかいうのがよくわからなくて、尊敬する人が謙虚なことを言うと「そういうこと言わないでほしいな」と真顔で思ってしまう。自虐的なことを言われても「いやいやそんな」というにはいうが、本当は肩をつかんで「あなたは天才。わかる？　まだわからない？　なんで？　いつまでそれで行く気？　なめてんの？」ぐらい、正直言いたい。尊敬する人たちに対しては積極的に、素晴らしさを自覚してほしいと思っている。俺はすごいって思ってほしいし、そう思っている人々を「最高！　最高だね!!」って言い続けたい。こういう気持ちを邪魔するのは、要するにその人をすごいと思えない人たちで、すごいと言われていることを否定したいけど自分が否定しても意味がないから、張本人に「自分は大したことない」と言わせて喜んでいるだけなのだ。悪趣味。謙遜することを求めたり、謙虚な態度を求めるのではなく、その人も堂々と「俺はお前を認めない。なんにもすごくない」と言えばいい。私は、誰もが堂々とすればいいと思う。彼らは、その人をすごくないと思う自分自身を、ちゃんと誇ればいいと思う。自分の価値観に自信を持たないから、謙遜なんて遠回しなやり方を選ぶ。人の言葉をまっすぐに受け止めない。「俺はすごい」は自慢でも、誇張でもなく、その人は自分をそう思っているっていうだけの主張であり、他人にもそう思えなんてこの5文字は言ってない。それを、どうしてストレートに受け止めないのか。口だけは達者とか、自己主張が激しいとか、自己弁護的だとか、そんな風に、その人の言葉そのものではなく、言葉の外側を勝手に解釈し、それらを揶揄する態度ってなぜ発生するのだろう。発言した言葉ではなく、その言葉がどうして今、どうしてこの場で、どのような意図で、発せられたのか、勝手に想像して非難する人があまりにも多い。人間は、だから自分の言葉を発するのをやめてしまう。他人が自分の言葉ではなく、言葉の周囲にある態度しか見てないって気づくから。他人が望む自分像を演じるための道具になって、言葉はすっかりセリフになる。

俺はすごいってすごい人間に言わせてほしい。すごくないって思う人間が、その人に「いやあなたはすごくないです」って言えばそれが何よりストレートで、会話だって思う、どっちもそれは大切な言葉だ。謙遜ってなんのためにあんの、なんでそれを他人に求めるの、空気を読めというが空気しか見てない人間たちにとって言葉ってなんなの？　自分が思うことは、自分で言えばいい。他人に言わせるな、空気を読ませるな、人を屈服させて喜ぶなんて時代はもうおしまいにしましょう。

本気の「好き」じゃないんじゃない？

音楽というものがなんなのか全然わからなかった、みんなこれを流している間どうするんだろう、耳以外は空くけれど、何を見て、何をしていたら正しいんだろう、音楽が好きという意味がわからない、音楽だけじゃその瞬間、足りないに決まっている、そう思っていた、私は、ずっとＢＧＭしか知らなかった、ＢＧＭとしての音楽しか知らなかったんだ。

中学３年。

私はそれでも音楽を知りたくて、むしろそれがわからない自分が怖くて、必死でレンタルショップに通った。洋楽、ロック名盤と言われるものを片っ端から借りて、ＣＤコンポの前でじっとしていた。英語で何いってるかわからへん、こわい、みんな私と同じように正座して聞いてるんだろうか、そわそわしてしまう私って感受性死んでしまっているのでは？　そういう時にタワレコで、邦楽ロック特集みたいなフリーペーパーをもらう。私はそこで、BLANKEY JET CITYに出会った。

好きとか嫌いではないのだ、ずっと蓋をして、私と音楽の間に壁を作っていた頭蓋骨がぱかっとあいて、やっと脳みそが音楽に触れた感覚だった。あ、わかる、かっこいいってわかる、かっこいい、今まで正座して聞いていた音楽もどれもこれもかっこよかったわ、今わかった、全部わかったわ。でもブランキー、そのころもう解散してたんだよなあ。

好きになるバンドは大体みんな解散していて、もしくはまだライブハウスなんて足を踏み入れたことのない段階で、解散の知らせを受け取った。

大学生になるまでだいたいそんなかんじだった。パソコンつけてインターネットを覗くと、解散ライブのレビューがたくさん現れて、私はセットリストの順番にブランキーの音楽かけ、そうやってなんもわからん、なんもしらんまま、バンドの完結を受け入れていた。私はこのバンドを心から限界まで愛する機会を失ったのだと知る。CDもビデオも手に入れて、それで最高まで好きになっても、絶対その先があったとわかる。可能性が遠くで光って見えている。でもそれは、もう私のものではない。

1年後。高校一年生。

誰もいない教室で漫画を読んでいたら、話したことのない子が入ってきた。なにか話さなくちゃと私は焦って「先週好きなバンドが解散しちゃって」と言った。だけどバンドの名前まで言う勇気はない。周りに知っている子なんて一人もいなかったから。でも、彼女は「もしかしてナンバーガール？」と言ってくれた。

今年再結成するナンバーガール、今でも聴いているナンバーガール。その、ナンバーガールの解散を、私はやっぱりライブを見たことがないまま迎えていた。パソコンで、自主制作のライブＣＤの通販申し込みをするぐらいが限界だった。お金がない、夜、外に出れない、補導されるような年齢だってわかっているしそれでも、なんでそれぐらいでって、正直めっちゃ考えてしまって、それがいちばん胃をぐちゃぐちゃにする。無理にでもお金作って、家出してでも行けばいいやんって、補導上等って思えばいいやんって、思えない自分が恥ずかしかった。それぐらいやる子はいくらでもいるんだろうなあ、その子はきっとものすごく、ナンバーガールが好きなんだろうなあ。

他人から見れば私は、ただの安全圏にいる人間だろう。昔からルールを破ることが苦手で、一つでも破るとずっと頭が痛くてお腹が痛くて、楽しいも嬉しいも全部わからなくなってしまった、若さとか無茶っていう概念のプールの底で、遠い水面をながめているような日々だった、それしか、ありえない日々だった、いい子であるとか、いい子でいたいとか、そういう欲があるのではなく、ただ、無理やんって思ってしまったあの感覚を、あの断絶を、私は肌で覚えている。いくらでも方法はあったのかもしれない、断絶とか、それで言うのは甘いのかもしれない、でもそれでも、私だけはそんなこと言わないでくれと思うんだ。みんながどうかはしらない、他人がどうかはしらない、私には私の「好き」しかなくて、それにずっと一人で、立ち向かってきたんだ。「本気じゃなかったんだよ」とか、私だけは、私という人間だけは言わないで。

バンドはいつか解散するし、必ず終わりのくるものだから、絶対ライブには行くべきだと、昔は書いたし今もそう思う。でも同時にあのとき、盲信していたルールなんて蹴飛ばしてライブぐらい行っておけばよかったなんて、今になって言うことは絶対してくれるなと思うんだ。過去の私の愛など、今の私にはわからない、愛など誰にもみえないし、そして愛など、誰にも証明しなくていいはずだ。あなたの基準など知らない、むしろ他人の愛など知らない、みんな勝手に自分の神様を作るように愛をこしらえ、それは最上級だったと言い放つ。それがゆるされるから、こんな理不尽な世の中、思い通りにならなくて、すべてを見渡すことすらできない世の中で、愛が、人生の目印になるんじゃないか。

私はナンバーガールが好きだった、ライブツアーが終わるまで、ＰＣのモニター見つめ、無力無力とカーソルを動かすだけだった、でも、それでも、好きだったんだ。今の私にそれが真実だったかなんてわからない、頭の中が熱くなる、ガンガン痛くて、白くなる、ピンとした愛、確かにあったと言えるのは、あのころの私だけだろう。だから私は盲信する。今の私は、盲信する。あのころの私の、突き抜けそうな悲しさを。

私は、あのころナンバーガールが大好きで、ライブに行ってみたかった。

これは絶対。そして今は、私が、今の私として、ナンバーガールを聴いている。今の私にしかきっとわからない感覚で、ナンバーガールを好きになる。

「変とか言われて喜ぶやつは凡庸だ」

「変とか言われて喜ぶやつは凡庸だ」という言葉を、いつの間にか握り締めて社会に立っていた。変とか凡庸とか、そういう話は簡単にわたしの感情をかき乱すけれど、その言葉を用いるとき、真摯にそこにある才能を確かめようとすることなどほとんどなくて、ただ他人から、人間としての価値を認められるかどうかだった。「きみって才能あるね」って思ってもらえるかどうかだった。作ったもの、生み出したものに対してじゃない、ただの振る舞いに対して、言動に対して、「才能を感じる」と思ってもらえるかどうかだった。そういうものが気になってしまうたび、自分が空っぽな気がして泣きたくなる。というか、空っぽで当たり前だ、振る舞いや言動に才能を感じるってなんだ？　その才能ってなんの才能？　作品や結果ではなく人間に結びついた才能に、なんの意味があるのですか。それでも。

暮らし方、ふるまい方すらも、見定めようとする視線が、街にいるととても多く感じて、もういいです、可能性など、才能など、認めてくれなくていい、価値などないってことでいいから、ただ人とは人として、接したいのです。

学生時代は「変な子」と言われるのが嫌だった。学校やバイト先で変と言われると、その度に「また何かわたしは失敗したのだろうか」と焦るような日々だった。わたしはきっとルールを逸脱し、そして迷惑をかけたのだろうと。けれど詳しく聞いてみると、飲み会を毎回ことわるところ、とか、変な音楽を聴いている、とかそんな理由で、わたしはドキドキしてしまう。やばいこれのなにが迷惑なのかわからない。迷惑さえかけなければ、世間に溶け込めると思っていました。わたしは変ではなかったけれど、でもそういう愚かなところがありました。

自分の気持ちを伝えるということの大切さを教えられ、けれど伝えた気持ちにみんなが戸惑い、よくわからないからとりあえず「変」と言っておこうと処理されるときの、あの申し訳なくていたたまれない気持ち。変が褒め言葉とも思えない、変が心からの貶し言葉だとも思えない。ただスルーするための言い訳にしか思えない。さほど変な意見でなくても、その場で言うべき気持ちというのはすでに、ある程度固まっていて、わたしはそれだけをただなぞるべきだった、思ったことを思ったまま、伝えていいわけではないんだと、知らなかったしそんなことを守る意味がわからなかった。
だって。正直に言えば。話を聞いてくれるのは、わたしに興味があったり、わたしが好きだからだと、思ってしまっていたんです。

クラスを円滑に回すため、バイト先でのやりとりをとにかくスムーズにするために、浅く、知り合いたい。そういう場をまわすためだけの会話がある。そこからはみ出たものは大雑把に処理するしかなくて、人間の亜種みたいに「変人」として人を扱い、そういう人だからと流していく。そんな場しか成り立たない空間は、たしかにあるのだろうと思う。けれどそれでも、わたしはまだ、みんな相手のことを好きになるため、そのために話をするのだと思っていた。だから互いを尊重し、みんなはわたしのことを好きになるために、話をしているのだと思っていた。それに気づいたときわたしはものすごく恥ずかしくて、もう赤ちゃんみたいに自信満々になるのはやめよう、と思った。思ったけど本当は、それの何が悪いのか、わからなかった。

変と言われるのは怖い、でも普通になりたいかというとそれもどうもぴんとこない。奇妙なエピソードを持ち、みんなを夢中にさせる人には憧れたし、平凡さを渇望している自信はない。退屈させたくない、迷惑かけたくない、でもわたしはわたしのままでいたい。そのことが「甘え」なのだと知って、わたしは悲しかった。わたしをわたしのままで楽しんでほしかった、そう願うことが甘えなら、なんのために自分がそこにいて、相手がそこにいるのか、わからなくなる。そしてそんな中で、自分を自分が否定するなんて、自分が赤ちゃんで恥ずかしいだなんて、思って改めようとするなんて、そんなの、自殺みたいなことだと思った。

話すのがへただ、面白いことも言えないし、ちょうどよさも演出できない、そんな自分は他人に迷惑をかけるし、嫌われる、場を盛り下げるし、最悪だ。でも、そこまでが自分だ。自分のまま愛されたいと願うから、おかしくなるんだ。愛されない自分を、そのままで、愛せよ。わたしぐらい。

嫌われます、盛り下げます。わたしがわたしであることを、わたし一人は必ず、肯定することができるという、そのことを幸福に思います。そうして、みんながみんな、自分のままでいられたらいいよなあと思っている、本当は、うまく話す人になりたいのではなくて、うまく聞ける人になりたいんだろう。だから、詩を書いている。

慰めたいとは思うけど。

痛めつけられて、反抗もできなくなる、そういう人に「きみはやさしいんだね」と言うひとがときどきいる。それがわたしは、なぜかずっと怖かった。戦うこともできない自分を責めてしまう、そんなひとへの慰めの言葉であるはずで、その思いをわたしも否定したいわけではないけれど。でもどうしても、心の内側で彼らが誰かを罵ること、憎むこと、すべてを責めたくなることを、どうか許してほしいと願った。優しくなどなれなくても、彼らの目を、見つめてください。優しい人になどならなくていい、傷つけられた人に見出す美しさは、優しさなんかでなくていい。

けれど、ならなんて言えば、彼らを慰められるのだろう。その答えもわからないのに、違和感ばかりが膨らんでいく。どうしたって善悪とか、優しさとか冷たさとか、そういう基準でものを捉える限り、彼らは傷ついたこととは別の次元で自らの価値を、鑑定され続けることとなり、そんな地獄はないと思った。

ろくに、人を慰めることのできない幼少期だった。物語の登場人物が慰め、慰められるシーンに憧れて、いつかはそんな大人に自分もなると信じていました。どんな言葉にも救われなかった人物が、主人公の何気ない一言に救われる。そんな奇跡が起きるたび、わたしも救わなければと思った。誰かを救わなければ、誰にも信用されることはない、愛されることはない。

だから、かならず苦しんでいるその人が、求める言葉を見つけなければと。
けれど今はそれが、とても傲慢な夢に思える。

そんなものがあるのだろうか、「求めている言葉」が、傷ついた人の胸にすでにあるのなら、その人はここまで苦しむこともないだろう。わからないから苦しいのだ、わからないから、自分ではなく他人によって救われていく。「答え」に救われるなら、人は、他人を必要としない。他人が伝えるだけで成立するような、そんな絶対的な「答え」はこの世に一つもないと思う。あなたは、あなたでしかない、わたしは、わたしでしかない、わたしは自分の傷口を抱きしめるようにしてしか、言葉をかけられないでいる。「救いや慰めとなる言葉」なんてどこにもなく、わたしはわたしの傷口に棲んでいる言葉を見つけるしかない。

泣いているその人を前にして困惑し、的外れなことばかり口走った果てに、やはり何にもわからないのだと思い知る自分が、「諦めて」いるようで怖かった。それでも「なんとか慰めなければ」と焦るよりはまし。そう思う、思いたい。自分自身の傷口の全貌すら見えないのに、他人の傷口のすべてを見渡せるつもりでいる、わたし、何を言えばいいのかなんてわかるわけがないのに、それでもいつか答えを見つけられるつもりでいたんだ。その、図々しさをやっと、自覚しただけです。それが冷たさではないと断言できるようになったのは、本当、つい最近ですが。

慰めたいとは思うけど。

おまたせ
…
コーヒーにする?
そうだなあ
ココアにするよ
コーヒーにしときなこの店のココアはおすすめしないよ
ココアと同じ分量砂糖入れてんだ
喉が焼けるようだよ
いやこれにする
あーあ馬鹿私と同じ後悔しろ
注文いいですか
おまたせしましたココアです
……

生きるには、若すぎる。

若さに価値など本当はないのかもしれないが、若い人間がなにかを「ダサい」と言えばそれは本当にダサいものになるのだ、この時代においては。という肌感覚が十代の頃わたしにはあった。自分の感性がある一つの絶対的な価値を作り出しているのではという錯覚が、理不尽に思えるもの、不快な出来事、傲慢な他人、最悪な自分に対して、立ち向かう根拠をくれていた。濁流のなか、ナイフを突き立てているように、立っていられる。けれど、ダサいもかっこいいも結局ただの主観であり、こんなに身勝手な物言いはないわけで、若いというそれだけで、その武器を思う存分使うことができる自分が、ずるいとも思う。沈黙したまま、「はい」ってとりあえず答えながら、「あー、こいつらなんにもわかってない」って思っていられる、守っていられる、そういう自分ってなんなのか。ヘッドフォンで両耳の間に好きな音楽を垂れ流し、好きなチョコレートを口の中に入れれば、どの街も世界も、わたしの内側に起こっていることに比べれば大したことじゃないように思えた。本当はわたしは、若い自分が恥ずかしくて仕方がなかったけれど。

大人は正しさも優しさも誠実もちゃんとすべてわかっているくせに、それをごまかしてエゴを押し付けてくるから卑怯だとおもう。一方でわたしは幼すぎて、正しさも優しさも誠実も、どういうものなのかまだわかっていない。だから彼らを糾弾できずにいる。

これが、わたしの当時の認識だった。理不尽さに反論しようとしても、

「なんかおかしいと思う」ぐらいしか言えず、無知な自分が情けなかった。幼稚な自分の言葉を聞いてもらうために、ただの違和感の表明に終わらせずに言葉を研いで「ダサい」と言い切っていたのだ。わたしは、彼らを軽蔑しきることができなかった。うんざりすることも多かったけれど、それでもまだ大人という幻想をどこかで捨てきれずにいた。本当は、彼らだって、正しさも優しさも誠実も、わかっていないし、できても抽象的な言葉でかたどるぐらいだったというのに、わたしはむやみやたらに彼らを尊敬して、彼らに期待して、だから自分のことを恥じていた。若いからなんだというのだろう、若さが終わったところで、わたしはなんにも真実を見つけ出していない。わたしにはまだ「ダサい」ぐらいの価値基準しかないだろう。そうして今はそれを、恥じているのかいないのか。変わったと言えばそこぐらいだ。わたしは、恥じているのかいないのか。死ぬまで、図太くなどなりたくない。

私はだれも救えない。

最悪な事件としか言いようのないニュースを見るときの、無力感に対して私はまだ対策を持っていない。怒りというより、悲しみや同情というより、猛烈な後悔が襲う。救えなかったと、たとえ海の向こうの話であろうと思う。痛ましい被害者、子供達の言葉が翻訳され、ニュースサイトに掲載され、より心に突き刺さるような見出しとなって現れたとき、私は「こんなことがあるなんて」と憤ったり苦しくなったりするより、ただ本当にごめんなさいと思う。こんな世界にしてしまってごめんなさいとか、そんなふわっとしたことではなく、なぜ、私はこの子を助けなかったのか、助けなくてごめんなさい、と思っている。

助けることができる人がいる、とアニメを見て思った。ヒーローがいると思った。親は「いつでも飛んでくるよ」と言ってくれたし、実際そうだった。それは私たちが幸運だったから、というだけだった。私は凄惨なできごとから運良く逃れてきたことで、他人のどんなひどい出来事に対しても、一度は「助けられたのでは」と思ってしまう。そのことがとても傲慢で、夢見がちで、現実を見つめられていないというのも今はわかる。

現実を見ていない。見るとしたらどんな見え方だろう。私はその子達を助けることはできないし、そんな力は持っていない。その瞬間、その場に立つことさえきっとできない、たどり着く前に私の方が死んでしまうかもしれない。というこの発想がすでにゴミみたいで悲しくもなる。それでもその事実を理解して、無理は無理なのだ、こんな無理なことが現実に起きているのだから、世界を変えていかなければと、自分ができることからやっていこうと考えるのが、「現実を見る」ってことだろうか。わかる。ただ、これから世界が変わっても、彼らは傷つけられたままだ、殺されたままだ。「次はなんとかしよう」というとき、彼らには間に合わなかったという事実がくる。私はそれが恐ろしいのだろうと思う。現実を見ろという人は、きっとそここそを、「見ろ」といっている。恐れるな、と言っている。間に合わなかったという現実を。

私は「助けられなかった」と後悔することが、過去を救うわけでもなく、過去を見ていることでも本当はないとわかっている。自己満足的な悲観になんの意味があるのかって、ないに決まっているし、「助けられなかった」と思うたび、それがもう取り返しのつかない事態であること、たらればで考える段階でないことから、目をそらしている。悲しむふりをして、何も見えていなかった。どうしようもないこと、もう取り戻せないもの、そういうものがあるってことを、なかなか想像できない。希望が刷り込まれ、そのまま生きてきたことが恥ずかしくもなる。それでもその事実は覆らないと思い知ったあとで、未来のためにならなら何かできるのではないかと思うとき、未来だってなんにも簡単じゃないことがわかる、未来のことを見るしかないことがわかる、それらを考えて、考えて、没頭し、そして何かから私は逃げていると、まだ思うんだろう。

未来を見るべきだ、でもあの子は救えないままだ。未来を言い訳にしてはいけない。時間がかかってもそれは、私が、私の足で踏み越えるべきことであるはず。美しい理屈などどこにもないんだ。

人が傷ついていて、その人が全く自分と関係のない人であるとして。遠くで、身勝手な大人によって傷つけられた子供が、いたとして、そのニュースに対してどれぐらい傷つくのかって。そんなの傷つくのだって私のエゴであり、そのニュースを開いてしまったのも、その見出しのエグさに目をそらしてしまうのと同じぐらいにグロいことだ。エゴでしかない。私は他人だから。そのひどい出来事を生きなくていい、そのひどい出来事に殺されなくていい、生きることなく殺されることなく、知ることができる、知って、なんらかの決着を見つけたつもりになる、正しい選択があるつもりでいる、感情が湧いて、言葉が湧いて、未来のことを語り出し、何か自分が反応できた気がする。私なりの区切りをそこで、つけた気がする、それを恐ろしいって思う。

たとえ未来のために動き出そうとも、その後だれかを救えても、別のだれかは救えなかった、知ることはできるのに、救えなかった。その事実は変わらない。グロくしか生きることのできないこの星に、います。悲しい話をニュースで知って、悲しいと思う、そんな最低な瞬間を過去に増やしながら、私はここに生きています。

成人の日に。

10代や20歳という年齢を特別に思うのはいつだってずっと上の世代の人だ、と、私は10代のころ思っていた。どれほどこれが貴重な時期なのだと言われたって、私には目の前にある1日がすべてであって、何者でもない自分、これからもたぶんずっとそうだということが、じくじく人生を痛めていくようだった。10代でデビューや、10代で起業だ、とかのニュース。私が10代の頃、それは、特に多かったように思う。世間では、「若すぎる天才」と言われる人たち。そういう人たちが現れるたびに苦しかった。「人生これから」と言うのと同じ口で、大人たちは若き才能を褒め称える。主に「若さ」を軸にして。

嘘つくなよ、と思って当然ではないんだろうか。10代で何者にもなれないなら、これからも平凡だろうと思ってしまう私に、10代が特別だと言われても、気休めにしか聞こえなかった。若くして特別であることを、異様に愛する世界だって、もうわかりきってしまったから。

私は、宇多田ヒカルが好きな小学生だった。彼女は若くしてデビューして、でも彼女より年下の私にとって、その年齢はほんとどうでもいいことだった。ただ彼女の歌が好きなのに、テレビでは「若いのにすごい」みたいな論調が溢れ、それが気持ち悪くてたまらなかった。年齢で分かることなどない。彼女が生きた15年を知り尽くした人はいないのに、簡単に「若いのにすごい」と話題にできることが不気味だ。みんな、自分の15歳しか知りやしないのに、15歳というだけで、何か語れる気がしてしまう。年齢単体に意味があるとするなら、私は、歳をとるのが怖い。そんなことを考えていました。

20歳、という年齢が節目のように語られるのは、法律で「成人」と定められているから、それだけだろうと私は思う。社会における「責任」はやってくるだろう。けれど、あなたの20歳と、誰かの20歳が比較される必要はなく、あなたには、あなたの19歳、20歳、21歳があるだけだと私は思う。当たり前のように語られる「20歳なのに」という言葉や、「20歳ならこれぐらいするべき」みたいな考え方は、私にはよくわかりません。同じ20歳などどこにもなく、あなたの人生のためにしか、あなたの年齢はないし、私の人生のためにしか、私の年齢はないのだと、私はずっと思っていたいです。

正しさを気取っている。

16歳。

正しくなろうとしている自分が、同時に気持ち悪くてたまらなかった。他人を言い負かそうとしている気がして、悲しくてたまらない。それでも、正しいことを言い並べるのがやめられなくて、止まらなかった。何がどのように「間違って」いるのか、私は私を説得することができないでいた。

怒ることが、相手をねじ伏せることとイコールでなければならないといつから思い始めたのか。他人に腹が立ったとき、私は「は？　むかつく！　バーカバーカ」と言うことが、いつのまにかできなくなっていた。というより昔は、悲しさの方が優っていたし、めそめそ泣いて、「うわ泣いている」って言われてうずくまって顔を隠した。腹の立つことは年々増えていったけれど、涙よりずっと難しかった。怒ったら、良識的な人たちに「子供じゃないんだから」って言われるんじゃないだろうか。上手く話せなくて、言葉が汚くなるばかりで、きっと「バカだ」って思われる。みんな私を軽蔑するだろう。

穏やかな人でなければいけない、心の内は違ってもそう見せかけなければいけない。それを言い訳にして、私は怒りを隠しはじめた。正しさの陰に。抑えきれない苛立ちを、怒りではなく正論の形で吐き出すようになっていた。

正しいことを言えば味方をしてくれる人がいました、わかってくれる人がいました、私も、相手を攻撃することに躊躇がきっとなくなっていました。私は正しくて相手が間違っている、と思うことが、私に自信を与えました。言葉で殴りかかる自信を与えました。そうして私は、感情の代わりに正しさをぶつけていました。鬱憤を晴らすため、だったと思います。正しさを探して頭を働かせば、自分の怒りが感情的なものではなく、理にかなったものなのだと錯覚もした、それを指摘することは自分の責任だとも思っていた、けれど、心地よかったのは事実だし、私はなにより、正しい人になどなりたくなかった。憧れてなどいなかった。私はただ、「幼稚」と思われるのが怖かっただけだ。

考えが浅いと言われるのが怖い。何も考えてないねと指摘されるのが怖い。腹が立ったことを伝えても、「こういう事情もあるんだよ」とか「一方的に悪いとは言えないよね」と諭されてしまうのが恐ろしかった。すべてを隅々まで把握して、何事にも平等に判断するのは必要なことだと思う、でも、湧いてしまった私の怒りや悲しみとは、正直関係ないことでもあった。

本当ならただ叫べばよかったのだろう。「痛いなあ！　やめてくれ！」私はまず、そう激怒したかった、泣きたかった。そんなことじゃ何も改善しないことはわかっている。でもまずは、怒るべきで、泣くべきだった。これからどうしたいかも、どうなってほしいかも、痛みが走っているうちはきちんと判断ができなかった。正しさを意識して、他者に配慮して、感情のざわめきを後回しにして交渉する間、私の傷口は確実に膿んでいく。

未来がどれほど良くなっても、私のあの瞬間の苦しさは変わらないのだ、あのときの自分のために、私は喚いて泣くべきだった。泣いたってなんの意味もないとか、とにかく落ち着けとか、言われる意味がわからない。今は、はっきりそう言える。傷つけられたり傷つけたりする、その当事者が、最初から平等でいられるわけもなく、冷静でいられるわけもなく、客観視できないような渦に飲まれたからこそ苦しいんじゃないのか。

あのころ正論のふりをしてまで、怒りを他人にぶつけているとき、私はこんなにもみっともない自分はいない、と思っていた。そういう自分がコンプレックスで、自分の感情を振り切ってでも「本物の正しい人」になるしかないと思いつめた。生のまま吐き出すこともしないで怒りを捨て去り、頭で考えて考えて、自分の傷口を放置する。鬱憤を晴らしているのではないかと自己嫌悪しながら、本当は、痛みがちっとも治っていないことに私は気づいていなかった。正論を言うことに心地よさを感じても、その心地よさは痛みをごまかすだけ。それでも、痛みが続くのは正しさが足りないせいだと信じて、もっと感情を捨てなくてはと思い込んだ。叫ぶこと、泣くことから、私は遠のいていった。これは、自分なりに誠実であろうとした結果だ、と思う、思うけど、もしかしたらあのころ、私もどこかで、感情を爆発させたりぶつけたりすることが「バカだ」って思っていたのかもしれないなとも思う。そういう人を見て「あーあ」って思っちゃうことがあったのかもしれない。そういう冷たさには、私、気づいていなかった。自分がみっともないとは思っても、そこまで残酷だとは気づいていなかった。いや、気づきたくなかったからこそ、私は「正しさ」ばかり追いかけていたのかもしれない。

感情が、バカみたいなもののわけがないだろう、私たちがそれを抱えて生きている限りは、それらを殺さなくちゃ辿り着けない正しさなどハリボテでしかない。きみは、怒れ。叫べ。泣け。他人が担ぐ「正しさ」など決してそこにはないけれど、きみの正しさは、それでもそこにしかない。そこにしかないんだ。

正しさを気取っている。

高速に乗らなくてもいけるっていったのはお前だろ!!
なんだと表に出て謝罪しろ!!
テメーがろくに地図も読めねえから道に迷ったんだぞ
二人ともやめときなよ・・・
後悔しろクソバカタレが・・・
かかってこいよ
つまらない事でいがみ合ってないで、お互い自分の非を認めろバカ者ども!!
お前たちは人の心を忘れている!!

何もしたくないわけではないし、できないわけでもないが、しない日。

今日はなんにもできなかった日。

しなくてはならないことが山積みなのになんにもできなかった日。朝が来ることをカーテンから滲み出てくる光が知らせる、私は落胆もがっかりも全力ではできなくて、ただ、沼の底に棲みついてしまったんだなあと思う。自分の未来のことについて考えることなどできない、未来がどうなるのかわからない、どうなろうがこの時間に変化が訪れるならそれだけで「まあ、いいんじゃないですかね」というような気持ちにもなる、ねばつきながら。目標を持てとか、持つなとかみんなうるさい。未来が来るとか未来をどうするかとかそういう話がもうしんどい、今をどこまでも心地よくする方法を教えてくれ、まずは時間を止めるべきだと私は思う、未来のために今を鰹節のように削るのはもううんざりだいつまでも、今そのものを丸かじりできず、それがために、だるくてだるくて、たまらなくて、削ることも適当に。

鰹節とか。

比喩なんてどうだっていいんだよ、今の時間が充実しないことに、今の私は疲弊をしている。何かを成し遂げたいとかそういう気持ちですべてが満ちたら楽だろうが、そうではなくて、もっとただじっとすることを願っている細胞があって、そういうのに身を委ねて、時間が過ぎていくのを目玉を動かすこともなく、眺めているのだ。私はすごく疲れていて、それはどのみち、何をしようがしまいが変わらないのだけれど、疲れに見合った「経過」がないと、その疲れを支える気力が湧かなくて、とにかく嫌になってしまう。人の痛みとか苦しさを描いた物語が好きじゃない、理由があって傷つく人ばかりだからだ。理由がないせいでしんどさが、ただひたすらしんどさとして襲うことに、疲弊している私がこれらに共感したところで惨めでたまらなくなる。なんにもしてない、なんにもしてないから疲れる、なにかがしたいとか、充実したいとかじゃない、したくない、って気持ちもあって、それがでもそれだけじゃないから、長いため息が出る、そのことを誰もなにも語ってくれなくて、世界はずっと目的と過程と失敗と成功に満ちている。理由なく死んだ目になる時間を、肯定してほしいわけではないが、美しい景色や柔らかいベッドのうえで、日差しを浴びていたら、たぶん、こういう死んだ目の自分さえ、死んだ時間さえ、ちゃんと昇華されていく気がしていて、遠くに行きたいと思うが行くような元気はどこにもない。ただ、この日々は綺麗でも柔らかくでもないなー、ということだけがわかる。わかる。老人になってもこの憂鬱を忘れたくはないな、死が怖いからって生きることは素晴らしい、時間を無駄にしてはいけないと、張り切ることはしたくないな、余命が短くなった頃もどうか、無為な日々を過ごしていてくれ、そうしてため息をついていてくれ。そうでなくては私が私でない気がしてめっちゃ怖い、と、思いながらそろそろと、やらなくてはならない何かをやるのはやめて、就寝をする。

生きることの辛さみたいなものを描いた作品を読むと、自分のは辛いとかではないのではと思う、どっちかというと「だるさ」なのかもしれず、でもそのだるさが自分を侵食して辛くてたまらない、価値のない徹夜をした時に見る朝の光や、通学路を走る子供たちの背中とか、そういうのをみて、生きるって大変、とかではない言葉が欲しい、と思う。だるいとかめんどうとか、そういうのでもなくて、それらに侵食された私の辛さが辛さとして言葉になってほしいのだ。

何もしたくないわけではないし、
できないわけでもないが、しない日。

この良さが、わからないなんてかわいそう。

「あんなのは偽物だと思う」

「あのひとは本物だ」

　すぐそう言ってしまうぼくを許してください。ぼくは自分が認めることで、認めないことで、何かを切り捨て、自分に価値を与えようとしているのです。全部わかっているのに、やめられなかった。好きとか嫌いとかいうだけで満足したかったのに、すぐに「本物」とか言いたがる。ぼくは、その言葉を使うとき何より、「自分」を意識していることを知っている。本物か、偽物かがわかる人間なのだと、自分を証明するように。

好きという気持ちが、好きという言葉では足りない気がした。最初は音楽だった。そのころぼくは、みんなは何も知らないんだと思っていた。ぼくが好きなミュージシャンを、好きではない人たちは、ただ何も知らないだけだと思っていた。聴けば絶対に好きになるよ。とてつもなくすごいから。すごいものならみんな、好きになるに違いなく、それぞれ「好きになれるもの」が異なっているなんて、思いもしなかった。

わかってないな、なんて思う。好きな曲をまとめたMDを貸した人から「なんか……、この曲きもくない？」と笑って言われたとき、ぼくはこいつは何にもわからないんだと思った。せっかく教えてやったのに、このすごさがわからないのだと思ったし、その人のことを憐れみもした。でも、ぼくはどうしてその人に、その人の好きな音楽を教えてもらおうとしなかったのだろう。その人にだって好きなものがあるはずで、それを聞いてみればよかったのに。そうすればぼくだって、その人の、好きなものがきっとなんにもわからない。そう思い知ればよかったのに。

「好き」という言葉にフラストレーションがあった。ぼくがこのミュージシャンをすごいと思ったそのときの気持ちを、個人的な、主観的なものに落とし込まないでほしいと思った。「好き」と言った途端、このすごさはぼくだけに見えるものとされてしまう。そんなわけがないと、叫びたかった。これは誰が見たって必ずすごくて、ぼくが「ぼく」という人間だから、いいと思ったわけではないはずだ。こんなにもぼくの人生を変えた感情が、誰かには「他人事」として映ること、やりすごされることが耐えられなかったのだ。きっと、そのときにぼくは見つけた。「本物」だという言葉。「偽物」だという言葉。でもその傲慢さに、気づかなかったわけじゃない。

ぼくは、言葉で誤魔化すようなやりかたで、ミュージシャンのすごさを証明したかったわけではない。本当は、もっと客観的な思考で、説明で、誰かにその音楽の素晴らしさを伝えたかった。わかってもらえなくてもい い、でも、こういうところがとてもすごいんだ、この歌詞の使い方が新しいんだよ、なんてことが、「好きだから」以外の言葉で、伝えられたら。「好みではないけど、でもきみがいいっていう理由はわかったよ」って答えてもらえたら。それだけで本当は十分で、でもそれが何より難しい。ぼくが何より、好きな音楽以外の良さを判断できてなかったし、それぐらい、冷静になんてなれないほど、見つけ出した曲が好きだったのだ。

借りてきた言葉だ、「本物」も「偽物」も。耳の肥えた大人なら、きっと言える言葉だと思う。だから、ぼくは借りてきたのだろう。そんな判断基準持ち合わせていないのに、それで、武装できたつもりでいた。自分の感性は絶対的なものであると、思い込んでしまっていた。

あのころから比べればだいぶ大人になったぼくは（でも耳は肥えてない）、この言葉に行き着いた瞬間のぼくを、否定するつもりはない。本物と言うしかなかったあのときのぼくを、羨ましいとさえ思っている。好きという感情に飲まれ、世界だってそれに巻き込みたくなるような、巻き込んだっていいと当たり前に信じてしまうような、そんな没頭を今だってしたい。そうしてその誰にも伝わらない息苦しさのままで、生き抜けばよかったのにと思っている。どうして、きみは自分を強いと思ってしまったのだろう。ほんとうは、惹かれた音楽のすごさを伝えたかっただけなのに、どうして、自分の感性をすごいと思ってしまったのだろう。そうなってしまったら、もう、すべてを巻き込むように、すべてを切り捨てていくように、たったひとつのものを、愛することはできなくなるよ。

話すのが苦手って、本当？

　人と話すのが苦手だ。でも、嫌いではないと思う。打ち合わせとかインタビューで話しているときはそれなりに楽しい。けれどそれは相手が私をゲストとして扱ってくれるから、隅々まで気を遣ってくれているからだろう、そう帰り道に思い直しては、申し訳なくて申し訳なくて、楽しいとか浮かれていた自分を恥じる。私は、「話をさせてもらう」場でないと楽しいとは思えない、サービスのような対応でしか喜ぶことができない。せめて、そういう場でも楽しくない、って思える人間だったらよかったのになあ。これがコンプレックスです。私は話したいのだ、話したいくせに「会話」を望んでいない。相手との和を作ることをがんばれない、和をきっと、好きでいることができていない。

そして、それなのに「話すのが苦手だ」なんて誤魔化して暮らしていた。私はただ自分勝手なだけだろう。わかっていても、私はコミュニケーションが苦手だ、他人が怖い、と繰り返した。そうやって逃げて、平穏を手に入れる。沈黙の中、さみしさをそんなに感じずにいられる自分を、「強い」とすら誤解していた。

会話が嫌い、コミュニケーションが憎い、一方的に話を聞いてほしいだけだって、そう、言ってしまえばいいのにと自分でも思う。けれどどうしてもそれができなかったんだ。空気を読むとか読まないとか、そういう話を初めて聞いたとき、私は嘘やろって思いました。コミュニケーションの肝が「空気」にあるなんて、嘘やろって思ったのです。ずっと、空気なら読めているつもりだった、つもりだけど、その空気を読んだところで、どうしたらいいのかがわからなくて、それが何より辛かった。相手がいらいらしているみたいだと、わかったところで、何をすればいいのか見当もつかなくて、ただ冷や汗をかいている。言ったことがどうやらハズレだったらしいと気づいても、フォローの仕方を私は知らない。

「ここで、盛り上げなければいけない」

「ボケを、拾わなければならない」

「相手の求めている言葉を、言わなくてはいけない」

私は精度のいい鏡にならなくてはいけない、誰も私とは話がしたくないのだ、その人の想像する「私」にならなくてはいけないし、その場の部品として動かなければいけない。は？　意味わからんぞ？　と思ってしまう。理解してほしいとは私は微塵も思わないです、私があなたに話したいことなんてたぶん突き詰めれば一つもないんだけれど、でもあなたが私に何かを強制するなら話は別だ、私は、私の中にある「沈黙する私」を守りたいと思うし、沈黙する彼女と、矛盾することなど言いたくはない、それが、身勝手だと言われるなら、身勝手でいさせてくれ。本当は、ただ私の技術が足りないだけだ、けれど、技術が足りなさすぎて、自分を犠牲にする以外方法が見つからない。そうして私は、場を盛り下げてきた、期待外れだという顔をさせてしまった、つまんない奴だと言われてきた、そのたびに、なんかしんどい、と正直思った。意固地なのは私なのに、未熟なのは私なのに、そこで私は疲れてしまった。

会話なんて嫌いだ、そう言えなかったのは、たぶん、そのせいです。話すのが苦手だと自称していたのは、たぶん、そのせいです。私もいつか面白くなって、みんなと楽しい時間を過ごせるようになるのかも、なんて、どこかで期待をしている。諦めきれなくて、だからこそインタビューで自分の言葉が場を白けさせたり、相手をがっかりさせたりしていないって感じるたび、「楽しい」って思うことができていた。（本当は聞き手の方の技術によるものだが。）私は身勝手だし、自分のことが大切で、でも、だからって一人でいる時間だけを愛して、ほかの、みんなと楽しく過ごす時間をすべて嫌うことなど、憎むことなど、できなかった。憧れています、たのしい会話。空気を読んだ上で、たのしい会話、できるならほんとはしたいです。でも、私はきっとこれからも自分を守ることを優先するし、そこにはまた別のプライドがあるから、後悔はしません。ただ、いいなあって思っていたいな。叶わなくても、ずっと思っていたい。だから、いいと思います。「会話が嫌い」でも、「コミュニケーションが憎い」でもなくて、「ただ話をするのが苦手」、それでいいと思っています。

話すのが苦手って、本当？

声がでかくて話上手な人間には誰も逆らえないんだ・・・
そういう人間はなるべく避けて生活したほうがいい・・・
あー・・・そうだね
そういう人間はストレスの原因になる・・・
あー
・・・

自分大好きちゃん

私は自分のことが大好きな人間だと思っていたのだけれど、最近はそうでもないのかも、と思い始めている。褒められることが好きで、そういう人間ってみっともない、みたいな空気が社会にはあり、ちょっとでも褒められたそうな顔をすると「自分大好きだね」って言われちゃうところとか、そういうのに影響されたのかもしれない。でも本当は、わからなかった。自分が好きであるとして、それがどうして悪いことのように語られているのだろう？　うまくいったこと、やっとできたこと、そういうのを「嬉しい！」と思って、「褒められたい」と欲することは、そんなに悪いことだろうか？　褒めてと要求されて、「うざい」とか「うるさい」とか、そういう感情はあるのかもしれないけれど、でも、「自分が大好き」であるという指摘で、非難できることなんだろうか？　私には、「褒められたい」って感情が、「自己愛」と関係あるとは思えない。だって、自分がどんなに素晴らしい人間であったとしても、好きになれるとは限らないじゃないか。逆に、どれほど最低な人間であっても、好きになってしまえば、すべて受け入れてしまうだろうし。

自分のことは大切だ、自分が管理しなくちゃいけない存在だし、育てている存在とも言えるし、執着はある。でも、好きか嫌いかで判断する相手ではないように思ってしまう。だって好きだろうが嫌いだろうが、どうせここにいるのだし。失敗した自分に対して「うわー！」と責めたくなることはある、がんばった自分に対して「すごいぞ！」と褒めたくなることもある。でも。どうせそこにいる。現実がずっとそこにある。好きや嫌いみたいな、そんな「夢」なかなかみられないのです。私は、「好き」とか「嫌い」とかいうのは、何をしたって愛おしかったり、何をしたって憎かったりするようなことだと思うが（それ以外は平熱だと思う）、私は失敗したら「私め！」とムカつくし、成功したら「私、最高だね！」と思ってしまう。それでいい。それがちょうどいい。世の中と、ちょうど温度が合っているはずだ。失敗してもヘラヘラしている人間は、はたからみてムカつくだろうし、成功しても喜んでいない人間は、嫌味ったらしく見えるだろう。私のことを好きでも嫌いでもない人が世の中の大半なのだから、私も私のことを好きでも嫌いでもないままでいたいんだ。

昔は「自分大好きかよ」と教室で言われることに、必要以上に怯えていた。自分の話ばっかりしないようにしよう、とか、褒められても嬉しいって顔をしないようにしようとか、そういうことを気にしたりもしたが、同時に、すごく理不尽だとも思った。自分が好きだというそれだけのことをどうして「恥ずかしい」とみなすのか、「悪いこと」だと指摘するのか。いまならそもそも、自分の話をすることが、褒められて喜ぶことが、「自分が好き」ということにはならないとわかるのだけれど。当時はそれがわからなかった。非難する人は「自分大好き」を、ただの「褒められたがり」ではなく、もっと傍若無人なエゴイストとして指摘している。でもだとしたら、褒められたがるそのタイミングで言うのは、間違っている。もっと、失敗したって悪びれないような、そういうタイミングでこそ指摘すべきで。うまいことといった時の「自分最高！」っていう喜びを、叩き潰すのは違うだろう。違う。それは、自分への愛ではなく、ただの祝福だ。

祝福でいいのだ。呪いも時々ある。自分を中心にしか、自分の人生は捉えられないのだから、自分ができたこと、自分がやってしまったことに、一番大きなリアクションをしてしまう。だから、祝福と呪いがあるのだろう。なんて駄目なんだろう、なんて最高なんだろう。その繰り返しの中で、私は私を好きかどうかなんて、この世で一番どうでもいいことだと思っている。嫌いとか、本当にどうでもいいことだと思っている。そんな簡単に、自分への態度を固定することなどできない。だって自分は完璧じゃないし、自分でも予想のつかないことをする。振り回されて生きている。でも、いつまでも、離れることができないから。好きでも嫌いでもないままずっと、

「私」に、反応しながら生きていく。

憧れは屈辱。

誰かを崇拝してしまったら、もう私は永遠に、その人に負け続けてしまうのだろう。そう思いながらも私は、15歳でBLANKEY JET CITYの音楽を好きになった。ミュージシャンになりたいと夢見ることもできなかったな、いや、どこかではそんなふうに言葉にして、誤魔化していたけれど、でもちっとも本気になれなかった。もしもミュージシャンになれたとしても、ブランキーの浅井さんにはなれないし。だったら意味がないし、生きている意味もなんかない気がする。本気でそう考えていた。ばかみたいなことだとはわかっています。何言ってんだこいつ、と同時進行で思考する私もいて、それでもこの敗北感、消えなかったんだよなあ、忘れられなかった。「青春は軽蔑の季節」と私は書いたことがある。それは別に間違っていないとも思う。軽蔑が、したかった。それは、誰かをばかにしたいのではなくて、誰も崇拝したくなかったから。そうなってしまったら、ぼくは簡単にぼくを、見失ってしまうだろう。

それまではどうしても、自分の「好き」に自信が持てない子供だった。他人に選んでもらったものでさえ、気づいたらちょっと愛着が湧いて、まあこれもいいかもねと思っちゃうそういう自分が本当に本当に信用できず、もしかして私には何一つ意思などないのではないか？　なんて、不安になった。吸い込まれて、抗えなくて、そうして好きになってしまいました、みたいな絶対的万有引力的出会い、当時はまだ少しも知らず、知らないということが恥だったのだ。他人に何と言われようが好きだ、なんていうふうに思えるものはまだ、全然ない。ほんのり好きでも、そんな「好き」はあまりにも淡く、なんだか自分なんてどこにもいないような、そんな気がしていた。

つまり、BLANKEY JET CITYを好きだと思えたことは、私にとって大事件だったのですよ。たぶんそれもあって、私の心の中でこのバンドは殿堂入りをしてしまっている。誰に言われようが揺らがない「好き」という感情の発見と同時に、私はちゃんと世界に存在していたんだと、そう確認するきっかけともなったのだ。けれど。それは。私の、現実を、知るということでもある。私が見えたということは、私の小ささが見えたということ、私が見えたということは、私の薄さが見えたということ、私が、浅井健一ではないということが見えてしまったということなのです。あー！

（ここまで当然のように、猛烈に好きなものを見つけることが自分を手に入れるということだと書いてきましたが、実際にはこれはイコールではないし、どれほど好きなものを見つけても結局それは他者であり、自分の外側にあるものごとであり、自分自身の内容物には決してならない。「好きなもの」を並べても本当はプロフィールとして成立しないはずなのだ、たったひとつ手にしているのは猛烈に好きだというその感情であり、それだけは自分そのものだと言えるかもしれない。けれど、本当はそれだって、その感情自体ではなく、感情を吐き出した「何か」こそが自分なのだと思います。弦をはじけば音が鳴るけど、その音ではなく、弦が「私」なのだろうなあ。

「好き」とは何かを自分に取り込むことではなく、世界に対する自分の応答なのだろう。そしてだから、自分から沸き起こる「好き」が淡く弱々しいものだと、まったく奏でられていないような、何一つ世界に対して反応できていないような、不安に陥る。世界に流されて、言われた通りに喜んだり怒ったりしているだけじゃないんだろうか。そうでなくてもね。実際にそうでなくったって、不安になってしまうのだよなあ。）

ものすごく好きなものを見つけたとき、私はぜんぜん満たされなかった。好きなものは一方的に私の思いを吸い込んでいくばかりで、自分が豊かになるということはなく、むしろ世界が豊かであることを見せつけられ続けているような心地がしていた。そのことに私は傷ついたけれど、でも私は、この世界のなかで、生きていかなければならないので。世界が豊かであるのは、むしろ万々歳であるはずなので。私が素晴らしかろうが？　いとしかろうが？　私は私という空間ではなく、世界という空間で、暮らしていかなくてはならないのでね！　そこにあるのが生活で、日々であるのだ、豊かであるというそのことはとてつもなく素晴らしいことに違いないんだよな。私は満たされなかったよ、でも、私の生活は、私の人生は、満たされてしまったよ！　……すごく変な感じはする。どうやら世界が私に勝っても、私が世界に勝ったとしても、あんまり楽しいことにはならないらしい。どちらも勝たなきゃいけないってことか？　それってどういうこと？　よくわからないが、もうどうしようもないんだな、ということだけはわかりましたよ。しんどくて悲しいからできるだけ好きなアーティストは増やしたくない、と思いながらついつい音楽を聞きまわってしまうが、それもまた欲望に忠実なだけなのだろうねえ。屈辱怖いな、でも屈辱を追いかけて、わたし生きていくのだろうな。

憧れは屈辱。

伊予柑食べたい
この伊予柑…一つで千円もする!
?
えっ何?
果物って値段によってかなり格差あって高いのは高い分だけ美味いんだよね
こんな美味しいもの金持ちなら毎日食べられるなんて羨ましい…
いや、恨めしい…
FRUIT SHOP
フルーツ
負け犬の遠吠えだね

心をあなたに開かない。

自分が何者なのかわからないことが当たり前のこととして受け止められていた、昔は。というか、昔は自分がいなくなれば世界も消えると思っていて、だから自分が何者かなんて関係がなかった。「世界の観測地点」が自分であり、自分がいなくなれば世界も消えるのだから、それで十分に思えたし、だからこそ世界が広くて、世界がいびつで偏っていることが不快でたまらなかった。こんな話をしても伝わらない気もしている、私は、自分がいることを当たり前のことだと思っていたし、当たり前だと思うからこそ、自分がどこまで深く根付いているのかとか、どこまで奥行きがあるのかとかそういうことに興味がなかった。「あるからあるでいいじゃない？」だから、中学ぐらいになって、みんながいろんなことを考えているって知ったとき、ショックだった。自分の気持ちを、そんなに大切にするんだ、ってびっくりしたのだ。

気持ちは、物事に対するリアクションとして発生するから、物事がどうしても主だと思う。気持ちは従。だから悲しくていたたまれない、より、こんな悲しくなる出来事がどうして起こるのだろう、と調べたり考えたりしたいと思う。気持ちをぶつける、というよりは、「どうしてそんなことをするのですか？」と質問をしたいし、相手の気持ちではなく理由を知るのが大切と思ってしまう。相手がどのような欲求をもって、こちらに優しくしたり冷たくしたりするのかを、知りたい。みんなが陰口を言うのがわからない、むかつくなら、「どうしてそのようなむかつくことをするのですか？」と聞かないと、主である「物事」がおろそかになる。とかって思って、どんどん扱いづらい人みたいな立ち位置になった。気持ちは気持ちのままで良い、原因を解決するのではなくて、気持ちさえ解消できればそれが一番、という価値観が、こわくてならなかった。私たちは心がある、心があるから、心を第一に考える、というのはなぜ？　私は、心を第一に思う、でも、「原因」のある心なんて、「心」とは言えないとも思っていた。

人間なんて他人であり、他人とコミュニケーションをとって、仲良くなるって、意味不明だけれど、意味不明だとみんなは思っていないのだろうか。話すが、それは「話す」という演技だ。コミュニケーションをするが、それは「コミュニケーション」という演技だ。心を心のままに晒すというなら、言葉は通じない、心は孤独であり続ける、それでも目の前にいるその人とどう目を合わせるのか、ということだけが本当のコミュニケーションで、でもそんなことは本当はほとんど不可能なんだ、不特定多数とこれができるわけもなく、だからみんな演技をする、そうして円滑に進んでいく、そうやって、これこそがコミュニケーションだと思い込んでいくんじゃないか。

理由などなくても、悲しくなり痛くなり辛くなり嬉しくなり許せなくなる。何が悪いのか、どうすればいいのか、ということなどうわべの問題でしかなくて、本当は、なんにもなくったって苦しいし、それはどうして？と問うこともくだらなくて、私などそもそもいないし、ただ「苦しい」という感情としてその時、その地に立っている。それを、わかるとかわからないとか言われても、何がですか？　としか言えない。いるからいる、あるからある。それ以外に何があるのか、他人はそんなことを言われても困るだけだろう、他人にとって私とか心とか、「ある」ことさえ知ることができないのだから当然で、でも、私が他人と同じ態度で自分に向き合ったらおしまいだと思っていた。

気持ちを伝えようとするとか、心を許せる存在だとかいうけれど、本当は私自身だって心のことなどよく知らない。自分の心や気持ちを所有物のように用いる時、他人に見える程度にしか心を見ることができなくなるし、理由や原因のある気持ちだけが、自分の中に残っていく。そうやって人は人を演じるようになるのかなあ、自分のことなどわかりやしないし、自分を中心に起こる感情の渦に引きずられて生きるだけだ、そのために景色が変わって見えることや、音楽が美しく聞こえる日があることを大切にしたいと思っている。
そうして他人というものを、本当の意味で鮮やかに感じる時が、来るのではないか。

わかることはなく親しくなることはなく、決してすべてを知ることはできないが、それは何時間見ても飽きない絵のように、ただ鮮やかにそこにあって、私はだから、言葉を豊かだと思っている。私はあなたに私のことを説明するために言葉を、かき集めているわけではない、ただ互いが見るその鮮やかさに、手を伸ばしたくなる、そうして精一杯選んでいく言葉こそが、人と人をつないでいく。わからないままで、他人のままで、通じ合わないままで、ただ私とあなたはそれでもここにいることを、言葉は、時へと刻み続ける。

拝啓、私は音痴です。

歌が下手だ。そんなこと本当はどうだっていいことなのだ、音痴だから死ぬわけじゃないし、プロの歌手でもない、下手でも問題は別にない。でも、それがコンプレックスになっているのは、「歌が下手だ」ということに気づかないで生きていた時間があるせいだと思う。もうほとんど覚えてはいないが、「音痴だよね」と他人にはじめて指摘されたそのとき、全身に駆け巡った感覚だけは今でも奥底にこびりついている。血液が逆流するような、これまでの自信がすべて覆るような、自分のプライドだけが浮き彫りになる恥ずかしさ。自尊心。自意識過剰。歌が上手いと思われたかった、下手だと笑われたら自分の価値が地に落ちる、なんて思い込んでいる自分の愚かしさ。だから「下手だ」と思われるのが今だって恐ろしく、それぐらいなら自分から言ってしまいたいと思う。私は音痴です。歌がとても下手。そう言ってしまえば、歌が下手であることなんて大した問題ではないと心から思える。

でもそれなら本当は、プライドなんてなかったんじゃないか？　と今は思う。歌が下手だって自分で言えるのなら、なんにも誇ってはいなかった。地に落ちる価値なんて、最初から持っていたつもりもない。ただ、欠点を指摘されると、自分という人間を高く見積もりすぎていた気がして怖くなる。そうして私は自分を「高慢な人間」と思い込むのだけど、きっと平均レベルではあるはず、普通の音感であるはずだという期待が「高慢」なはずもなく、もしかして被害妄想だったのか？　プライドが傷つけられたと思っていたけれど、プライドなんて、指摘があるまで存在もしていなかった。欠点を教えられた途端、自分一人、自分に過分な期待をしていたような気がしてしまう。そんなに自分のこと、大切になんてしていないのにね。自分を、そこまで愛せてはいない。

歌が上手いと親に褒められた記憶があり、それがまだ残っていた。それをでも心の底から信じているわけでもなくて（親以外は褒めなかったし）、小さな頃は元気よく歌っていたから「うまく」見えたのだろうなあ、と思った。でも当時の親の言葉を心の底から信じていたら、私は自分から「音痴です」とは決して言えなかっただろう。下手だと言われたら傷つくし、傷ついたプライドはちゃんと実在していたはずだ。それを、少し羨ましいと思う。そこで生じる恥ずかしさやいたたまれなさは壮絶なものだろうけれど。でも私は、きっと虚しく思っているんだ。音痴です、と宣言できても、私はそれを恥じていない。歌が上手くなりたいとすら思わないし、練習など決してしない、大した問題ではないと心から信じていて、そんな自分をどこかで、退屈だと思っている。

人には向き不向きがあり、平均的にこなすことができないものは誰にだってあるはずで、「生きる」上で問題がないなら、そんな欠点、気にしなくていいはずだ。でも私は「歌うことが好きではない」、嫌いでもないし、興味がない。「できない」ことより、そのことに気づいてしまっていた。家族に、あんなに、褒めてもらったのにね。

恋愛って気持ちわるわる症候群

恋愛について書きたいと思います。しかし恋愛ほどマイルールが激しいものもないと思っていて、私は十代の頃恋愛が嫌いすぎて嫌いすぎて、どうして好きと嫌いで人を判断するのか、選ばれし誰かと選ばれない誰かが生じるのか、ということに「マジきもい、ロマンチックの皮を被っているだけでただきもい」と思っていました。そもそも感情というのは、発生して、それにどういう名前がつくのか教えられて、「ああこれは嬉しいという気持ち」と理解していくはずなんだけれど、恋愛って、その名付けが遅いし、名付けてくる人も図々しいしで、「それは恋だよ」とか言われても、「はあ？　黙れや」という気持ちにしかならないと思うんだけれど、みなさんどうやって「あ、これは恋！」って納得したんでしょう。恋愛に関しての言葉はあまりにも多く、キャッチコピーにも多数登場し、もはや商品を売りつけるには色恋を語ればＯＫとか思われてんじゃないの、なんて思う日もあります。実際、「あ、これは恋！」と思った暁にはちょっと高い化粧品もちょっと高い服も抵抗なく買ってしまうのだろうか。だとしたら恋って商業的ですね。社会システムの潤滑油みたいな存在ですね。と、今でも斜に構えたようなことを書いてしまいそうになるけれど、恋はそれぐらい第三者からすると理不尽な、無根拠な、理解不能な存在であるため、だからこそ当人も自分を理性で説得できなくなるのだと思います。斜に構えていてこその恋。ではないのか。などと、いうことが、当時わからなかったんですね、ただ本当に腹が立ち、信じられなくて気持ち悪かった。

恋愛に浮かれている友達全員が、浮かれているからなのか、その恋愛が恋愛ではなかったからなのか、とにかくなにもかもに対して「都合よくなっている」のが怖くて仕方がなかった、先生にも家族にも友達にも歯向かって生きていた子がなんでこんなにも、イージーモードになっちゃっているんだろうか？　恋愛している友達は、ほぼ全員つまんなくなって見えていました。それだけで、私には恋愛はただの一種の感染症でした。そしてここから私がどうやって「恋愛というものがあるのかもしれない、きゅん」みたいな気持ちになったのか、そのきっかけについて書くのかといえばそんなわけがなくて、私は未だに恋愛なんてだいたい感染症だろ、と思っています。それは、別に誤解でもなくただただ本質だと思うんですよね。怒るようなものですよ、いらだつようなものですよ、ただきもいものですよ。だから人類はそれを手放せないんですよ、理性に誘われるふりをして束縛される日々だから！

他人を愛することが、まず素晴らしいと言われているのがおかしい。だれかを愛せば、だれかは愛されないわけで、そこに選択が生じるし、全員を愛する以外にすばらしいことなど何一つないと思う。むしろたった一人を選ぶことは誰も愛せない人よりもずっと、利己的にならざるをえないのではないか？　愛する人のためならそれ以外の人をどーにかこーにかしてしまうこともあるのではないか？　それは美しいことなのか？　愛なんてこの世にないとは言わないけれど、愛を美しいとかすばらしいとか言っちゃっているのはやっぱり気持ち悪いです、主観ですよね。（気持ち悪いからこそ美しいって言っておくのが最適ってことなのかもしれませんが。）ただの二人の関係性でしかない、そこに普遍的な価値をつけようとすること。不気味だ。儀式的なもの、美しいものとしなくてはいけないという打算に疲れる。愛を、他者への暴力だと思って扱える人じゃないと、信用ができない。

恋愛はなんにも悪いことではなくて、しかしなんにもいいことでもなくて、神聖でもなくてロマンチックでもなくて、ただ二人の人間がこの人を大事にしようと決めただけの話であり、私が私の大事なぬいぐるみについて「これを大事に思っている」と説明したところで他人は「ふーん」ってなるんだから、愛もその程度の価値に落ち着いてほしいなと昔は思っていた。しかしそうなると、今度は愛に振り回されることが、美談にもなんにもならなくなるから、社会として都合が悪いことであるのかもしれない。生きる上では仕方がないのかも。きもいのも過剰なのも絶対、否定せんけど、必要悪みたいなもんなんですかねえ。そんな世界が一番きもい。

「悪い人なんていないと思う」

すぐ、人のことを「いい人だなあ」と思ってしまう。これが十代のとき、ぼくにとって深刻な問題だった。ただ異様に信じてしまうというか、人間は嘘を言わないものだと思っていた。これはぼくの近くにいる大人がみな非常に生真面目で、それで損をしているような、嘘を嫌う人だったというのもある。悪人なんてこの世にいないのではないか、嘘なんて言わないのではないかと思っていた。でもそれは恵まれていたということではなく、騙してくる大人はいたし、子供もいたし、そのたびに「いい人とかすぐ信じるぼくは本当に馬鹿だ」と思う。その人のことも心底嫌いになる、が、でも忘れる。なかなか、能天気さは抜けなくて、どうしても自分を徹底的に傷つけてきたり、何かを騙し盗ろうとしてきたりするまで、人を悪い人なんじゃないかと疑えない。悪い人を見抜くことが全くできなかったのだと思う。

ぼくが本当に問題視していたのは、多くの人をいい人だ、悪い人ではないはず、と信じながらも、別にその人たちを「好きだ」とは思っていないということだった。単純にびくびく怯えて生きるのがめんどくさく、問題に直面するまでは、周りはいい人ってことにして、自分だけの世界に浸っていたいだけだった。だからひどい目にあっても、学習しないし考えを改めようとしない。能天気だった馬鹿だ、と反省しながら、能天気でいたいと願っている。「人間を信じていない」というのは、当時の自分もまさしくそうで、誰のことも本当の意味では「いい人」と思っていなかった。

つーか、他人を「いい人かどうか」でしか見られないのはだいぶ、あかんですよね。愛せよ。

要するに「無視してＯＫ」と思いたいがために「いい人やろ」と見なしていたのではないか、ぼくはそういう自分の、世界そのものというか、他人そのものに対する恐怖を、今なら「あ、恐怖だね」と言い当ててやれるけれど、当時は自分がちゃんと人として、人の群れの中にいるつもりでいたし、ちゃんと人を見ているつもりでいた。能天気でいたがることもまた、「怯え」であるとは思っていなかった。あれはあれでしんどかったはずなのに、痛い目にあうまで自分は安心の星に暮らしていると言い聞かせていた。そのころの自分に「それもまた傷つくやり方です。世の中には傷つくやり方しか実はないのだと思います。でも、だったら、一人の世界に閉じこもるよりは、って思いません？」なんて、ぼくは今も正直言いたくないんです。それより、ぼくはなんとか大人になったよ。いい人か悪い人かなんてまだよくわかんないけど、仕事をすると、仕事に対して誠実な人、不誠実な人、というのは確実に現れる、仕事をする限り物事は深く進行するし、それははっきり見えてくる、意識せざるを得なくなる。だから誠実な人に出会えたとき（その人たちの私生活は知らないが）、きゅうっと嬉しくなるってことを、ただぼくは伝えたいって思います。

音楽に救われたことがない。

音楽を崇拝できるか。音楽に救われたと断言できるか。信じられるか。価値観を委ねられるだろうか。それはすべてＮＯである私に「音楽が好き」と言う権利はあるのだろうか。切迫していない、というコンプレックスがあった。そう言ってしまえば自分自身への厳しさのようにも聞こえるけれど、ただ「音楽に救われた」と言える人への嫉妬だった。

救われたという言葉がよくわからない。それはとても強烈な体験として語られることが多く、「この作品が私を救ったのです」と言っている人を見かけたときの、人生をかけた説得力みたいなものにいつも圧倒されていた。人生がここで変わる、生涯の課題がここで解決される、そう言われるミュージシャンはどんな気持ちなのだろう。嬉しいと思うだろう、それはきっと私が「めっちゃかっこよくて……めっちゃかっこよかったです‼」と言うより鮮烈に聞こえるだろう。と思うと、なぜか、イラっとも来ていたのだ、10代のころ。私は私の言葉がなんの説得力も持たないことにだんだん気づき始めていた。巨大な不幸に襲われたわけでも、強烈な幸福に飲まれたわけでもなく、普通に生きている私は、普通のことしか言えない。それはむしろ恵まれたことであるはずなのに、自分の中の感動も衝撃も痛みも、社会の中ではしょぼい部類なのかもしれない、なんてことばかりが気になっていた。自分の気持ちは自分の中だけのものだから、そういう基準は別に気にする必要はないのだけれど、でも、と思う。でも誰かに伝えたくなるとき、このしょぼさはのしかかってくる。確実に。私が私の感情を最強に思えないとき、どう目が輝くというのだろう、どう相手に誠実に見えるというのだろう。学生の私がミュージシャンと話す機会などあるわけもない、伝える機会など訪れるはずもないのに、ライブハウスでその人を前にしたとき、私は思い知るんだ、自分がとてもノリが悪いこと、ライブの「一体感」からこぼれ落ちていること。体が、ずっとずっと居心地悪い。ライブハウスはいつも、ものすごく居心地が悪いと思っていた。好きな音楽だからって、好きなミュージシャンだからって、自分の心がドカンと開いて溶けていく感じにはならなかった。みんなで1つになるとかそういうのが、わからんっていうか、それを求めていないってことが心の底から明らかだった。目の前のミュージシャンに、私の体が、心が伝えようとするものがないからだと思う。私は、私の中で全部満足し続けていた。それがとてもしょぼいことに思え、だから消えたいって、いつもライブの間は思っていた。

ミュージシャンは他人だし、ステージはやっぱり明るいし、客席とちがうし、一方的にそれを見にいくつもりでチケットを取った。ライブは演者とお客さんが一緒に作っていくものだという言説はやはり感動的でとても好きだけれど、でもそれが自分にもできるかというと自信はない。ミュージシャンはステージとスピーカーの中にしかいないし、私とは無縁の存在である。どこまでいっても、それはかわらんし、そのことに何も悲観していない。音楽は、受け取ったら私のものだから。ミュージシャンすら関係ない、ヘッドホンの中だけ、私一人だけのものになるから。無縁だと思っても、傷つきもしない自分が悲しかった。その人と同じ空気を吸うことに感動したりどぎまぎしたいのに、「おー、出てきはった」ぐらいにしか思わないの、私はやっぱり愛が足りないのではないか？　と思う、体が動かない、音楽にノリノリで動くことができない、棒立ちで、手拍子も合唱も参加できない、ただじっと、見ている。ＣＤと一緒だ！　と思う。でも、他人がそれを「ノリが悪い」とか「愛が足りない」とか咎める時、なんて傲慢な人だろうと当たり前に思うのだ、私がどれぐらいその音楽を好きかなんて、あなたには関係ないし、あなたの愛と比べる必要って、あなたにはないはずなのにどうして？　と思う。自分の愛を強化するために、他者の愛を貶す人はかなしいひとです。しかしそれは私にも言え、私は、私の愛を私に証明する必要なんてなく、私が、愛していたならそれは愛だし、私自身でさえも、それを疑う権利はないのだ。

そういうとき私は、私という人間に傲慢だったと思います。好きというのは奇妙な感情だ、なぜ好きなのか説明しきれるならそれは「好き」ではないのではないかとさえ思う。とめどなく溢れてくるからこそ、好きな理由を説明したくなり、そしてその際限のなさに喜びを感じる。私さえ全貌を知らないからこそこの感情は「好き」と呼ばれる。私は救われたりはしなかったけれど、好きではあると思った。救われたと言っている人も、救われたという一言では語りきれないから好きなのだ。という、そのことを知った瞬間、私は好きという感情をより一層、好きになる。

どうか話しかけないでください。

困るんだよな、と、思ってしまう。誰かに話しかけられる、するとひたすら怖くなる。不安になる、迷惑だとすら、どこかで思う。そんな失礼を生きる限り繰り返す。誰かに、話しかけてもらえるなんてありがたいことじゃないか、せめて失礼のないように、嬉しそうにしようじゃないか、そう「話好き」を演じるからまた、話しかけられることが、より嫌いになってしまう。

友達がいらない、なかよくしたくない。距離を縮めるための話法やメソッドをどうか使わないでほしい。社交辞令がなんのためにあるのかわからないんだ、褒められても困るし、共通点を探られても困る。あとあえて失礼なことを言って、心の壁をぶち壊そうとするのはなんなんですか？　紛らわしいのは私の方です、とにかくたくさん返事をして、話すのが嬉しいという態度でいるからいけないのだろう。私も、なかよくなりたがっていると、きっと相手は思ってしまった。だからこんなに気を使って、メソッド使ってくれているのだろう。最初から冷たくあしらって、傷つけておけばよかったかなあと、思いながらでもそんなことできるわけもない。いつも、いつだって相手が望めばどこまでも「仲良く」ならなくてはいけないのが人間関係である気がしてぞっとする。

知らん間に、フレンドリーが絶対的正義となっていた。私は教室にいるころ「こんなのは今だけ」と信じていたのだが、それなりに、でもある程度は朗らかに「打ち解ける」必要が今だってめっちゃある。人と人は永遠に関わりあうべきなのです、と言われてつらい。愛し合うために人は生まれたとか言われてつらい。どうしよう、「言い方を少し変えるだけでこんなに印象が良くなるんですよ」なんて聞くと「言い方を少し変えるだけで、相手への印象コロコロ変えるそいつがおかしいのでは」と思ってしまう、ままだ、いまも。むしろ、今のほうが頑なでさえあると思う。

一人きりで生きていける気がするんよな、クラスで誰かに嫌われるより、社会で誰かに嫌われる方がずっとましだと思うんよ。「話好き」を演じることが実は全然うまくいってなくて、みんなに「俺たちのこと好きじゃないな？」とばれているのもわかっている、場を白けさせるようなこと言いまくっている、きっと。気づいていないだけで。その場のノリに献身的になれない、求められている言葉が口から出てこないのだし、そうやって「黙っている方がマシな人」として生きているはず。でもそれでも、黙ることができません。何も答えないことは、話しかけた人を傷つけることになるのではと私はまだ深く、深く信じているから。せめて失礼のないようにと、答える、はしゃぐ。うまくできるようになろうと必死になってから回る。みんなのこと好きになればいいのにね、なかよくなりたいと心から思えばすべて解決なのにね。でもできない。できないんだよ、だから私は「話好き」のふりをする。それはちいさな平和のための、私のぎりぎりの妥協であるはずだった。でも最近、ちょっと気づいた、みんなもそんなに仲良くなりたいとか、別に思っていないんじゃないか？

隙あらば友を増やそうとしている人って、本当はマジでどれほどいるのか。クラスでこれから生き抜くために、誰か仲間をと思うのはわかるが、この無数の人がひしめく社会で「心の友を増やそう」なんて本気で思っている人、いるんだろうか？　いないんじゃないのか？　親しげに話しかけて、距離を縮めるために様々な言葉を投げかけて、でもそんなに「こいつでなきゃ」とは思っていない。社会っていう大きな波を乗りこなすために、つねに社交的でいるだけだ。「この人でなければいけない」なんて思ってない、初対面やら浅い関係やらそんな場では、相手がどういう人間であるかなんて関係なく、誰にだって友好的であることが重要なのだ。心を開いて、すべてさらけ出すようなこと、しなくていいように無数の人と「仲良く」するのだ。ああ私一人、迷惑とか思ってるとか思ったけど、みんな、警戒してるんですね、警戒した末に、平穏見つける方法を、社交術に見出したのねえ。

これは誤解であるかもしれない。

私の偏見であるのかもしれない。

みんな、毎日めっちゃ心開いて交流してるのかもしれないし、これは私の都合のいい妄想であるかもしれん。けど人が「親しく」なることが、決して「心をさらけ出す」こととイコールではないということは、確かであろうと今は思う。私は怯える、語りかけられることに。興味を持たれてしまったと怯えている。けれど、誰も興味なんて持っていなかったのかそれがさみしいと思えも！！！　私に！！！！！　と今気付いてしまう。それがさみしいと思えたら、まだこの人生も変わっていく気がしないでもない、しかし現実はとても、ものすごく、安心している自分です。

全てはにわかから始まる。

めっちゃ好きなものを見つけたときに、自分が「好きになりたて」であることにいつも静かに傷ついている。誰だってにわかから始まる、というのはわかっているのに、それでも、自分より先にそれを知った人がいて、昔から応援している人がいて、自分が知ることのできない過去が既に山積みになっているということに簡単に辛くなる。

だいたい私はなんでも気づくのが遅すぎる、初めて好きになったバンドはすでに解散していたし、身近にあったはずの漫画を好きになったのも大人になってからだ。そういうことを繰り返すといつも悔いてばかりになる、どうしてもっと早くに気づかなかったのだろうと、かき集めるように昔の映像や音源を吸収し、それでも必ず何かが足りない、何かを大きく失ってしまっている。できることなら子供の頃から好きでいたかった、生まれる前から好きでいたかった、最初から好きでいたかったたし、それはもはや好きな対象のことをすべて知りたいとかそういうことでもなく、ただ自分がそれを知らなかった時間が許せないだけだとも気づいている。

最近、宝塚を好きになりました。宝塚のことを知れば知るほど、私はなぜこれをちゃんと見てこなかったのだ？　もう見たい舞台は終わってしまっている、気づかないうちにたくさんの舞台が終わってしまっている、好きになると途端に「舞台は生で見ないと意味がないいいいいいああああああ！」と頭を抱える羽目になった。何もかもがもう取り戻せない、おしまいである。後悔しかないし、好きになってハッピーなはずなのに不幸な顔ばかりしている。めっちゃ好きだ、素晴らしいと思うたびに、「自分のこれまでってなんだったんだ？」と、思うことはどうしてもある。そんなの、元も子もない、とは思うけれどでも生きるのが素晴しかろうが健康が第一だろうが、過去の自分が好きなものに気づかずにぼんやり生きていたと思ったら、ばかなの？　と言いたくなってしまう、自分が、巨大な失敗をしたと思わずにはいられない。

失敗を恐れるばかりの人生だった。「幸せになりたい」とテレビや音楽はいうけれど、あまりに抽象的でよくわからないままだった。よくしらん幸せが急にインターホンを押してくるよりは、怖いことや不幸が起きないほうがいい、不運に見舞われなければいい。不安や不満でいっぱいで、マイナスが0になることばかり期待しているし、それがネガティブだとか心配性だと言われることも納得がいかない。マイナスが0になることを、それを、幸せだと思っている。それでも、それは大きすぎる願いだと思います。

けれど好きなものができたとき、急に前のめりになった自分がいた。それは確実に今まで思いもしなかった感覚で、「マイナス」なんてそこにはなかったはずなのに、急に満ち足りた感覚があった。飢えも欠損も感じないまま、ただ急に新たな細胞が体に現れ、その瞬間から満ち足りていた。戸惑い、これまでもしかして何か気づいていなかっただけで、私は猛烈に飢えていたのだろうかと、不安になった、昔の自分が失敗していたように錯覚。けれどあるのは今「最高では？」と思っている私であり、過去の私は変わらず能天気に、過去の中で生きている。どうやり直したって、今この時まで私は宝塚に気づかず、なんどもスルーをするだろう。だからこその後悔だ、だからこその失敗なんだ。どこにも不安なんてなかったのに、最高のものを与えられて「えっ？　いいの？」って言っているだけの、そんな後悔だ。

めっちゃ好きなものを見つけたときに、自分が「好きになりたて」であることにいつも静かに傷ついている。そういう、幸せなんじゃないかって、最近はよく思っている。

私は、バカじゃない。

賢さってなんなのだろう。私はよくわからない家電を買うときに、とても安いものとそれなりに高いものがあったら、どうしても高いものの方がいいんじゃないか、という気がして、ついそっちを買ってしまう。それはものすごくバカなことだ、と言われると「そうだよな、バカだよな」と思うけれど、でもどうして家電のことなんかで頭を動かさなきゃいけないのか、いろいろ調べて安くても必要な機能があるものを選び抜いて何たらかんたらするなんてほんと、めんどくさいというのもある。そうやっていつも金欠だったし、買ってからオーバースペックだったなって気づいて後悔することもあるけれど、それでも。安くていいものを見つけるというのはとてもとてもかっこよくて、なんならおしゃれで、今風で、超賢いことなんだと思うけれど、でも、やっぱりめんどくさくもあって。バカなことをしているね、と言われると、は？　私はきみになにも迷惑をかけていませんが？　という気持ちにどうしてもなってしまうんだ。

うん、バカだよ、と言える人間だったらよかったのか。

そうなれないのは、私が自分を「バカじゃない」と思っているからなのか。わからなかった。というか、認めるのが恐ろしかった。バカと言われるのは本当に辛いんだ。私はバカじゃないから。そうしてこの高慢さが辛い気持ちを生んでいるとしたら、仕方ないのかもと思っていた。せめて、「こいつ自分を賢いと思っているな？」とか思われないように生きなければいけない。私はたくさんバカなことをするし、バカなことを良しとしたい気持ちの時もある。でも、私という人間はバカじゃない、そう思っていたかった。とても、いたたまれない。書いていて、今だって、いたたまれない。懺悔のような気持ちでこれを書いている。けれどよく考えれば、「自分はバカじゃない」って思うことのどこが高慢なのか、わからないのだ。こんなこと、軽蔑されるのではないだろうか、と思っていたくせに、どうして人がそれを軽蔑するのか、考えても考えてもわからなかった。第一、人を侮辱する言葉を受け止める必要なんてどこにもないのではないか？　どこかで「確かに」と思ったとしても、言葉が侮辱である限り、受け止める義理などないのだよなあ。だって会話じゃないんだもの。

ここまで書いて思うのは、どうして、バカという言葉が侮辱として働くのかということでした。賢さってそんなにすごいでしょうか。人を軽蔑してもいいぐらいにすごいことなんでしょうか？　あらためて考えたいんですけど、賢さがすごかったのって、幼少期だけじゃないですか？　たぶん、「きみはバカだ」という言葉の裏には「俺は賢い」がすこしは潜んでいるはずで、でもそれをそのまま言ったところで、世の中は一切受け止めてくれないと思うのです。賢いって言われても別に……となってしまうのだと思う。たとえ、「そっか、賢いんですね」と信じてもらえたとしても、「じゃあ、この赤字をなんとかしてください」とか「じゃあ、iPhoneを超える新製品のアイデアをください」とか依頼されるだけで、褒められることはないだろう。褒められるのは、依頼をうまく達成し、実績ができた時だろう。なにも達成できずにいる賢さは、この世にたくさんあると思います。私は、大学で賢いと思う人にたくさん会ってきたけれど、でもほとんどは「無益な賢さ」だったように思う。でも、それでいいと思うんです。それでいいと思っている人が多かったとも思うんです。世の中のためにこの賢さを発揮したい、ということももちろんできるけれど、でも、その人の人生はその人だけのものだから。賢さだって、本来はその人だけのものだから。誰かのために発揮するなんていうのは、本当の本当に、「献身」なんです。それを強いるのはおかしいし、他人にとっては「無益」であることが自然だと思います。それを、受け入れることが、その人を尊重するということじゃないかと思います。

私は、本当は「賢さ」が好きなんだ、人の閃きは、それを目撃する人間の瞳の中にも伝染していく。自分の頭の中にあった、まだ使っていなかった神経を弾くような、発想や解釈や技巧を、私は望んでいるし尊敬している。それはもはや私のためにあるものでも世のためにあるものでもなくていい。その人がただその閃きの喜びに浸っていたらそれでよくて、そんなものは本当は、無闇に讃えられるものではない。結果がどうなるかなどどうでもいいし、そこに価値を感じない。ただその人がその人の体に、想像に心に発想に思考回路に、正直でまっすぐで誠実であることが美しいんだから。

そんな人になりたかった、なりたいと思って生きてきたし、だからこそ、バカと言われて傷ついた、それは自分の憧れたものと「お前は程遠い」と言われているように聞こえたからだ。けれど、「バカ」という言葉が根拠とする「賢さ」に、私の憧れる閃きはない。ただスペックとして、他者と比較するための数値として持ち出された「賢さ」に、憧れる身勝手さも、くだらなさも美しさもないんだ。

賢さは常に自分を心地よく楽しませるものでしかないと、賢い人は知っているのではないか、賢さそのものが魅力として映るとき、その人はその人のためにしかそこにいない気がする。結果としてたとえ世界を大きく変えることになったとしても、その人の閃きを最前線で感じ取って、その鮮やかさに心底痺れているのはその人自身であるはずだ。

一人の人間として、思考として、シナプスとして存在するそのことの快楽を中心に据えた、どこまでも実直なエネルギーそのものに私はなりたい。そんな人間に憧れる。だから、「バカ」って言われて傷ついたのだ、バカじゃないって思ってしまった。でもそんな理屈の中にある「賢さ」なんて、私の憧れるものではない。バカなんてない基準の賢さが、美しいよ、世界を貫く花火になろう。

私は、バカじゃない。

久々の休日に
お前みたいなバカと
出かけなきゃいけない
私の気持ち想像
したことあるか？
ばかじゃないよ・・・
道案内だってできるし・・・
麻雀の点棒計算だってできる
ふーん
でも本当に美味しかったんだよ
その店のドーナツは
あっ！
先週まであそこに店があったのに
ガレージになってる・・・
バカと過ごす昼下がり・・・

どうか味方ができませんように。

私は、「味方」という存在がずっと怖い。

「私たちが味方するから！」と自分を集団がかばうことも、もちろん他人が味方をひきつれてこちらを攻めてくることも、ずっと無性に恐ろしかった。私のことを正しいと信じてやまない他人って、頼もしくない、すごくすごく不気味です。私は、私だから私の味方をするけれど、あなたは私じゃないんだし、あなたじゃない人間のことをそんなに信じないほうがいいと思う、とか思ってしまう。信じるって異常なことだ、自分が自分だからという理由以外にそれをやる意味ってわからない。それは友人関係ではないと思う。愛でもない。友達なら信じよう、友達なら味方をしよう、という感覚は当たり前に教室にはあって、でも理屈が合わない、それは民間信仰と思っていた。他人は他人だし、信用できないところはある。友情を試すようなことはしたくない、というか、友情は信用で試せるものではないはずだ、種類が違う。そのひとと親しくなって、気が合って、いろいろ相談できて、時間を共有して、でも、お金は貸さない。これだいじね。なんでもかんでも味方しない。これだいじね。あたりまえのことね。

で、わたしは絶対に冷たくはない。

味方をするという人が一人でも現れたら、私は私を許せなくなる、完全なる正しさを持たない自分が許せない、ダブルスタンダード許せない、返信の遅延、既読無視、挨拶の声が小さいこと、全部全部許せない、味方をする人がいる限り私は相手を裏切れないし、でも結局、その人が自分に何を期待しているのか、私もその人もマジのところはわかっていない。だから私は倫理だとか道徳だとか常識とかそういうものを正しく貫くことでしか、「非の打ち所がないマン」になることでしか、「裏切らない」を体現できない。

でもさ、誰もそんなの期待してないんだよね。みんな都合のいい理想を夢見て他人に期待して、「そんな人だと思わなかった」とプリプリ怒るけど、正しさに殉死するつもりでいたって「あなたは正義を裏切らなかった、素晴らしい」と絶賛はしてくれないし、しまいには理屈とは異次元の理想を基準に「裏切りやがって」と言われる恐怖、きみにわかりますか？　だからぼくはなんとか「こいつは害をなす存在だ、警戒せねば」と思ってもらおうとしているんです。人間であり続けたいのです、聖なる何かなんか死んでもならん。しかし真正面からぶつかる敵になりたいってわけでもなくて、だいたいみんなおかしいでしょう、おかしさに怒りを感じること、悲しさを感じることは別々であるけれど、まともな人間なんていない。人の真反対で悪を演じるのもそれはそれで不可能な話なんだ。敵対勢力にまでは突っ切れない、だからほどほどに、「こいつはおかしいな。味方になるのだけはやめておこう」ぐらいの気持ちにならんかなと思う。それはみんなが嫌っている子を、特に好きでもないがかばってみる、とか、みんなが好きなものをよく知らないままでい続ける、とか。ぼくは確かにそういうことをしたことがあったし、貫いていたけど、でもそれを自分の個性でも価値観でも性格でもないと思っていて、ぼくはむしろ世界がぼくに強制している「振る舞い」だと思っている。ぼくの思想はそこにはないし、ぼくの好みなど関係がない。ぼくは、いつも何かから逃れていて、結果的に南東に行ったり、北西に行ったりする。そして他人はぼくを南東の人とか、北西の人、と呼ぶ。優しい方とか、不思議ちゃんとか、図々しい奴、とかね。でも、はは、世界がただそうさせているだけじゃないのか。世界がいつも先に選択をする、ぼくは余った方を選んだ。人間の本当の顔が、その人間以外に見えることはないと、ぼくは結構本気で思っている。

優しさを諦めている。

いつのまにか、優しくされることが、愛されていることとはイコールではなくなり、そのせいで優しくされても戸惑うしかなくなった。愛されるといってもたった一人の人間として選ばれたいわけではなくて、浅瀬の海みたいに適当に好意を抱かれていたらよかったわけで、子供のころはそうだったはずだ、そうだったと信じている。「好き」ということが、社会や関係性に発展すべきものだという発想がもう憎いんです。私はもっと無責任で無根拠で、なんとなーく、微笑みで見つめてもらえる程度のそういう「好き」がほしいのです。優しくされても、礼儀でしかなくて、好かれてもいないし、そこを期待すれば相手はさっと手をひいて「ちがうちがう、そういうことじゃないから」って否定をはじめてしまうだろう。そのときの、空気が怖い。けれど優しくされて、ただ「ありがとう」って礼儀だけで答えられるほど、私は人間を諦めきれないよ。人と向き合ったなら、好きか嫌いか選びたいのだ。私は、そして好きな人たちとだけ接していたいのだ。お子様ランチみたいな世界観でまだ息をしている。心の底から、好きにも嫌いにもなる気もないし、そういうのは気持ち悪いと思うけれど、私の言葉や行動を好意的に解釈してくれる人がほしいのです。正直。もちろん堂々と言えることなんかではないし、私はだからずっと優しさへの戸惑いを必死で隠して過ごしている。

優しさを諦めている。私は優しい人にはなれないと、もうとっくに諦めている。優しくしてくれる人に憧れることももうできない。昔は誰にでも優しい子がクラスにいると、その子に憧れた。その子に優しくされるたび死にたくなった。私はその子に好かれていると、つい期待をしてしまった。別に優しさなんてどうだってよくて、自分をちょっと好きでいてくれる人がいる、と思えることが嬉しいのではないかとも、わかっていた。親切にされたってそれはその場しのぎだ、その場の問題を解決したり排除したりすることで発揮されるものなのだから。一時的で、記憶からも消えていく。けれど好かれているかもしれないという期待だけは残っていく。その子を自分もちょっと好きになる、好かれているということが私も少しはましな人間なのかもしれないという自信になる。あっという間に、好かれているとかいうのがただの勘違いだったと思い知り、静かにひとり傷つくのだけれど。

誰にだって優しい子が、誰を好きなのかはわからない。誰にだって優しい、というのは、好きと優しさが直結していないということだから。私は、彼女たちに好かれていると実感することなど永遠にできないんだ。彼女たちの優しさは、私の知っている優しさとは別物だ。すごくて、こわいな。あれをもらうたびに、自分を肯定されたような、ちょっとした安らぎがあったけれど、そしてだからこそ優しさってうれしいな、いいものだな、って思っていたけれど。彼女の優しさには、「好き」はなかった。「肯定」ではなかったんだ。それなら私は、何をもらっていたのかな。今だって変わらず、みんなに優しいことはすばらしいことだと思う。そういう人がたくさんの人を救えることもわかっている。けれど、私は戸惑って、優しさに体を浸していけない。それを幸せと思えない。ありがとうって、礼儀として、気持ちも込めずに言うしかないのか。彼女たちの優しさに満たされないのに、満たされたふりをして過ごしていくしかないんだろうか。そんなことしてしまったら私は、自分の戸惑いや苦しささえそこにあると信じられなくなるんじゃないのか。

だから、今も期待している。たとえあとで失望しても、恥ずかしい目にあったとしても、優しくされるたびに、ちょっとは好かれているのかな、と期待するのをやめずにいる。どんなにその人が誰に対しても優しくて、公平な人だとしても。期待して、心の底から喜んで「ありがとう」と伝えてしまう。

ずっと、私は優しさを諦めている。彼らの優しさをすなおにそのままで受け取って、喜ぶことを諦めている。ごめんね、勝手に期待している。でもちゃんと、一人であとで傷つきますから。優しくしてくれて、ありがとう。

優しさを諦めている。

うわー
ひどい雨
ん?
赤ちゃんムカデか・・・家で雨やどりしている
前にムカデに刺されてひどい目にあったことがあるんだ・・・
悪いけど家に入れるわけにはいかない・・・ごめんよ

結論至上主義破壊協奏曲

アーティストや作家のインタビューや伝記、要するに作品とは関係ないエピソードを見るたびに、自分が平凡である気がして、しょんぼりする高校時代だった。それはやることがキテレツですごいとか、そういうことではなくて、自分で考え、自分で決めている、ということがどこまでも貫かれて見えたからだ。この人は、どんなものの価値も、自分の目で測るのだろう。他人の口コミを参考にして遠くまでラーメン食べに行ったりとかしないのだろうなあと思って、へこんでいた。

キテレツなことをするのは結果でしかなくて、それをキテレツだと思うのは、結果しか見ていないからだ。すべてを0から考えた時に、「普通」とされる選択肢を必ずとると思う方がおかしく、自分でこれは違う、これは合っていると判断した結果、他の人からすると「なんでそんな?」という行動に出る人はとても正直で、その人がその人であることを証明している。私は、むしろ自分が嘘つきであるような気がしていた。

口コミを参考にすることもラーメンを食べに遠出することもなんにもおかしくないのであるし、今思えばアーティストや作家だって、インタビューで言うことじゃないから言わないだけで、自分の活動ではないところ、日常の瑣末なところではそんな部分もあるとは思う。自分だけですべてを見定めるなんて不可能で、偏見やら思い込みやら刷り込みにまみれた価値観を、まるで自分のものだと信じてしまうのは誰もが陥る現象だ。そこから脱する時でさえ、先に脱した偉人や尊敬する人々の背中を追いかけてしまうことは多く、自分一人で考えることの限界について考える。一人で考えてもわからないことはたくさんあって、だからたくさんの人の声を聞いて、自分が信じるものをみつけていくのが大事、なのかもしれない。間違ってない。でも、そーいうの、鬼のようにダサい、と私はそのころ思っていた。

この世に正しさなんてないし、間違いしかないし、結局、これを選択すれば誰のことを傷つけない、なんて道はなく、信じたものは自分が信じたもので、他人は信じていないのだから、「私はこれを信じる」と主張することがそれだけで暴力に変容することもあるだろう。そういうときに、「だってそれが普通だから」「正しいから」ってすごくダサいと思う。「それが正しいから」って、その結論に至るまでに何を思ったか、考えたかを、自分で手にしていないから言ってしまうことじゃないのか、その結論を持つことを、エゴだと思っていないからこそなんじゃないか。人間はカードバトルじゃないし、その場で切る結論そのものに価値なんてなく、本当はそれにたどり着くまでの過程こそが大切で、自分の中で、筋が通っていなくてはならない。でないと反論された時に、結論の美しさ正しさ誠実さで反論しようとする。それって、帰り道に美しい花を見つけたもん勝ちみたいだ。花は美しい、確かにすばらしいけれど、それを見つけた人に「すごい」とは思わない。きれいですね、とみんなで崇めて結局、その花そのものに誰もなれないことを思い知る。

比喩になってしまいました。

私は自分の中にどれほど、他人から借りた先入観があるのか、思い込みがあるのかを、アーティストのインタビューなどを読むたび、思い知っていた。借りてきた考えは、正しいものだと思うし美しいものだと思うけれど、でも、それが他人から否定され続けても平然とできるか、その考えのために、ひとりぼっちになってもいいのか？　ということを、問われ続けているようだった。アーティストは自分が見つけた答えについて、揺らぐことがない。おかしいとか変とか、「なぜですか？」とか問いかけられても「うん？　なぜってなぜ？」という態度がある。これはべつに支持者がいるからとか、有名だからとかではなくて、それぐらいずっと考え続けたからじゃないかと思えてならない。問いかける人は結論しか見ていない、でも答えるその人はその答えに至る過程を見ている。結論がおかしいと否定されても、それはたいした意味をなさない。彼らはただその結論にたどり着くところまで生きた自分として、その場にいる。他者から否定されたって、その人はその人としてしか生きることができない。当たり前のことだけれど。でもそれを、できる人間はとても少ない。

ダブルスタンダードって言葉がある、私はこの言葉があまり好きではない、人間は変わりゆくものだと思うし、スタンダードを一つも持たない人間の方が多い、とも思う。ダブルでもトリプルでもなんでも、自分のスタンダードを自分で生きて、自分で変容させられる人ほどかっこいい人はいない。が、それはかっこいいのではなくて、それこそが本当は「生きる」ってことだというだけだ。私は、生きたかった、インタビューを受けることなど永遠にないだろうが、結論だけを持つことのない、生きた思考回路として瞬間瞬間を迎える人間にならなくてはと願っていた。十代の頃。

言語化中毒

若い頃、なんか気持ち悪いなそれ、と思うようなことは大体間違っていなかった、何がどう気持ち悪いのかうまく説明できないことは多々あって、たとえばなんで作者の顔を作品より前に出していくのだ気持ち悪い、と昔は特に強く思っていたが、その気持ち悪さについて説明できるようになったのは大人になってからだった。気持ち悪さを「気持ち悪い」と主張できていたのは自分より純度の高い人間などいないと信じていたからかもしれないし、あと大人は、勝手に十代というものを恐れてくれるので。十代が「キモい」とか「変なの」というのを、恐れてくれるので。それもあったのだと思う。わたしは言語化をしないままでその気持ち悪さを強く信じることができた。それが、いまでは。いまでは？

気持ち悪いと思うことはいまでも多いが、それを「なんか嫌です」というだけで断ることは許されなくなり、また急速にそれらを言葉にしていくことはわたしの仕事としても重要だった。言葉にしようのなかった感覚や、読むまで気づくことのなかった価値観が、読むことで目を覚ましていったと感想をいただくことはそれはもちろん嬉しく。人間の中にあるものを、言語化していくことによって言葉もまた血色が良くなる、それはほんとう。しかし、言葉になどしなくても、「いやそれは気持ちが悪い、おかしい、それをよしとする人間は危険、ただの危険、え、わからんの？　なんで？　大丈夫？　いろんなことを忘れてしまったのですか？」みたいな、強さを持つ自分はもうおらず、あれは幼稚だったのだろうか、ほんとうに？　とおもう。世界に対して親切ではなかったが、幼稚ではなかったのではないか、幼稚なのは、気持ち悪さや違和感に説明を求める世界の方かもしれないじゃないか、世界としてはあまりにも未熟だ。わたしは、あの時の自分を最良の大人だったと思っている。

気持ち悪い、でよいのであり、それは変、でよいのであり、おかしなことが起きているなら、その「おかしなこと」こそが語り始めるべきであって、あの頃わたしはとても純度が高かった。人間としてかは知らないが、「自分として」「わたしとして」100パーセントだった。わたしはわたしのために感性をフル回転させ、世界に向き合い続けていた。それを、未熟ということは敗北であると思う。昔のわたしはそんな自分がいたら血の涙を流し、「許さない」と叫ぶだろう。

わたしは、わたしのために感性をフル回転させながらも、それを書きとめようとしている。それは、欲によるものだ。書くという行為が好きになり、もはや生きる、ということそのものよりそれを優先してしまう。自分自身が世界に向き合い、拮抗し続けようとするその態度を、書きとめ、世界の入り口である言葉にするというのなら、それはわたしにとって邪魔なことであるはずだ。しかしそうした部分にこそ喜びがあるのかもしれません、人はそこから逃れられなくなる。

言葉とはプレーンなものだ、しかし言葉にするという行為が、わたしをわたしのままにしないことは、事実としてある。それを「不気味」と思い続けることが、わたしにとっての命綱。なのだろうか。

また、締め切りがくる。

あとがき

自分自身が完璧な人間ではないということに、本当は今だって驚いていていて、私に欠点があるなんて、欠陥があるなんて、こんなこともできないなんてと、落ち込むことばかりだ。それはとても恥ずかしいことである、自分が完璧だと思い上がるなんて、と、言われそうでずっと隠していたのだが、生きるということはいくらでも未来が手に入りそうな予感に満ちた朝を毎日迎えておいて、自分が食べたいものを食べることができたり、美しい花を見にいくことができたり、季節が必ず巡り、青空はどんなビルに登っても高く遠くにあり、そんな場所に好きなものがいくつもあるというそんな中で、この自分を完璧だと思わないという方が卑屈なんじゃないかと思っている。

完璧さを抱えたままで傷ついていくから苦しい、失敗するしできないことがたくさんあるし、本当は何も完璧じゃない、自分が、間違ったものを抱えているような錯覚がある。けれど、私ですら本当は、私の価値を知らない。完璧と思うその瞬間、何が完璧なのかなんて知らなかった。ただ、どれほど美しいものもどれほど愛おしいものも、そこにあることを受け入れられた。この世界にそんなものがあることを、まだ、喜ばしく思えることが、私にとって重要だった。もしかしたら、完璧なのは私ではなく、世界のある一部分であるのかもしれない。絵や歌や、美しい景色、そして誰かがここにいること、そのものであるのかもしれない。それを、私の中心に据えてしまえるよ、生きている限りは。

コンプレックス・プリズム、わざわざ傷をつけて、不透明にした自分のあちこちを、持ち上げて光に当ててみる。どこかからやってきた、生まれたての光が、まるで迎えにきたみたいに私の瞳を、射抜いていった。

文庫版おまけエッセイ

まったく器が大きくないよ

同業者や、知り合いのアーティストの器の大きな話を聞くたびに、私はそういうのが絶対に無理だなぁと思って、名前で仕事をする覚悟が足りないのかもなぁと勝手に落ち込んでしまう。スターだとされる人の、ファンに対するどこまでも心を開いて、全てを受け止めようとする姿勢がかっこよくて、そこにあるのは愛だなぁ、強くて、愛されるべくしてスターになった人だ、とじんとしながら、私にはそういうファンへの愛がきっと足りてないんだなぁと反省する。私には多分できない、そういうことは。どうやったらいいのかわからない。（そもそも道で転んだ人に声をかけるのもすごく勇気を出さないとできない。）私は、人を好きになるのが上手くできなくて、だから作家になっていて、心のどこがどう開くのかもわからなくて、いつも、自分を好きと言ってくれる人に対してありがとうございます、ありがとうございます……と思いながら全然開かないカラクリの秘密箱みたいな自分の心をワタワタと触って、どうにもできず情けなくなっているのだった。

自分のことを好きな人がどうしてそんなふうに好きでいてくれるのかわからないし、作品を好きでいてくれるのだから、私はちゃんと作品を書こう、つくろう、としか思えなくて、自分自身に向けて飛んでくる「好き」も、「作品を好きになってくれてありがとう」って本や作品に受け取らせて、できるだけその背後に行こうとしてしまう。そういうことが「好き」と言っている人にとって良いことだとはあまり思えなくて、たとえその人が見てるのが作品の集合体としての私であっても、その人が「好き」と言いたくて、私に向かって言っているなら喜んで「好かれている人」として受け取れたらいいのにな。その関係性がきっと、その人にとっては嬉しいのだろうに、私だってできたらそれはそれできっと嬉しいだろうに。そのやり方がわからないし、どこかで、私は「作品が全てであるべきだよ」と冷静に思ってしまっている。自分が好かれるように行動するようになったら怖い、とも思っているのかもしれない。私のことは嫌いだけど、私の作品は好きだと思ってくれる人がいるくらいがちょうどいいとも思っているのかもしれない。そんなに、みんな、作品と作者を切り離してないというのも知っているのにね。私はたぶん、自信がないのだ。作品以外の自分に、価値を感じてないんじゃないかな。（個人としての価値はそりゃ普通にあると思ってるけど（じょうぶな心を持ってるので）、タレント的な価値は感じてない。そんな覚悟も美学もないと思うから、愛されることを理由にして価値があると思ってしまうのは危険だと感じている。価値があると自ら打ち出した結果、愛されることこそが健康的であると思うから。愛がそういう自信の根拠になってはいけないのだ。タレント的な価値においては、特に。)

(要するに、自分はそこまで手が回っていない、というだけなのかもしれない。)

自分のことを好きな人の「好き」を、作品への「好き」だとして受け取ることは、多分私が私のためにやっていることで、相手のためにはなっていなくて、相手が私に差し出している花束を素直に私が受け取ることができたらいいのにな、それがその人の幸福なのかもしれないのにな、とよく思う。そうやってちゃんと受け取れているスターや同業者やアーティストも、大抵の人は「自分自身」をファンが見ているわけではないとわかっているのかもしれないし、それでもタレントの振る舞いとして、最後まで責任を取ってその人が見ている夢を夢のままにするために「夢」として振舞っているのかもしれない。そこまでわかっているのに私はどうしてできないんだろうなぁ。いや、もしかしたらこの自分が保っている距離が一番、私に関しての「夢」については適当だと思っているのかも。私が、ファンと仲良くツーショット撮ってたらガッカリですって、私なら思ってしまう。私が、一番私に夢見てるのでは？　私は私のオタクとして私の夢を貫いてるだけなのでは？　自分が見ている最果タヒという夢に執着してるだけかもしれない。私が私を一番、偶像と思っている可能性があるんだよ。

でもタレントの多くは自分のことを人間として一番知っていると同時に、そこで何か幻を作るため、自分の存在に一番夢を見なくちゃいけないところがあり、それは、傲慢とか図々しいことではなくて、そうじゃないと、物を作るとか、夢を見せるとか、そういうなんの目的も根拠もない作業を続けることはできないから。ファンが求めるからそうする、では後手後手で、自分が貫いている夢を、追いかけることこそファンがしたいことであろうし。私こそが私に夢を見なきゃいけない、こんな、もしかしたら誰も見向きもしないかもしれない、利便性が高かったり、情報として価値があったりするわけもない、咲いているだけの花みたいな文章を作り続けることは、そうじゃなきゃできない。（咲いてるだけの花みたいな文章がでも最上だと思っている。）私は私に一番夢を見て、その夢が少し頑固すぎる、私は作品だけをひたすら作っている私の姿を夢に見てる。そこで「私はこうでなきゃ」と思うものを貫くことでしか、信じられないものがあり、そんなの自分のことを好きな人にとっては知ったこっちゃないのかもしれないが、でも私はその人たちに合わせることができない。申し訳ないが、ついてきてくれないか、と思っている。私が走る方向へ。

もちろん飽きる人もいるし昔の方が好きだという人もいるし、むしろこの世には私のファンじゃない人の方がものすごく多いし、私以外の人は全員私になんの義理もないので、好きにしてくれたらいいと思う。結局いつも私は、私しかいなくて、でもそれは「みんなどうせ忘れるんでしょう」とかそういう悲観ではなくて、やけではなくて、みんなが自由でいるために私は私に誰よりも夢を見る、ということなんだ。いつか一人きりになったら私はえーんさみしいって思うかも。でも、これしかないんだな。この方角しかないんだな。さみしくならないように、原稿書こうね、これからも。

幸せになりたいとかはない

世間一般的な幸せとは違う形だけれど、自分たちには自分たちの幸せがあるのだ、と、たとえば「推し活」と言われるものだとかで言われているのを聞くとき、そうだねぇと思いながらもそんなにも、そんなにも「幸せ」でなければならなかったっけ、とも思う。私は幸せになりたかったっけ、なれるなら、なりたいし、というよりは、ものすごい不幸が嫌だな、とは思っているけど。でも、どこまで幸せになれるかみたいなことを考えるのはだいぶ前に辞めてしまったし、自分が選んでるさまざまなことは幸せになるためというより、これで不幸になっても仕方がない、不幸になるならこの生き方がいい、という、そういう選び方だった気もするのだ。

選んだもので幸せが確定することなんて滅多になく、どう選んだってその中に地獄は多分にあり、それこそ世間一般に言われる「幸せ」の中にどれくらい、語られない苦痛があるか考える。人は幸せにはなれない。完全な幸せにはなれない。結局どこかでは痛みがあり、今はなくてもどこかで歯車は狂うだろう。その時に自分の選択が憎しみの対象になることだけは避けたいのだ。むしろそれは選ばざるを得なかったのだから、しょうがないね、と言えたらいいな。後悔が、過去の自分の具体的な選択に向いて、自己嫌悪や憎悪になってしまうのだけは嫌だ。私は苦しんでいる時に自分が憎いなんてのは嫌だよ。だからこれなら何が起きてもできる限りは（よっぽどでなければ）納得しようと思える覚悟で何かを選んでいる。私には私の幸せがあるんです、よりその裏に、ここなら不幸の可能性を受け入れられるんです、があるし、もしかしたらそんなには明るくて楽しい気持ちには満ちていないような覚えもある。何かに執着したり、何かに期待を抱えたり、それこそ幸せの可能性に一歩踏み込むのって、すごくゾクゾクする。人生が穏やかではなくなっていくのを強烈に感じています。

なんの欲もなく、なんの希望もなく、凪みたいに、淡々と、やるべきことをやり、そこで自分の進化を捉え、ストイックに生きていきたかったな。私は、幸せになりたいとか、そういうことを考えないで、不幸になってもいいとかも考えないで、幸せも不幸も関係ないくらい、一つ道を走り抜けるだけの人生を生きたかったな。そんな人間がいるとは思えないんだけど、理想はそうだった。そのあり方だけが、人生の不条理とか、予想のつかなさに振り回されずいつまでも、自分のペースを保ち、穏やかでいられるから。でもそれができないから、しょうがないからどの幸せと不幸の裏表カードを取るか、考えている。さっき私は「この選択なら不幸になっても仕方ないと思えるものを選ぶ」と書いたけど、そんなのは不幸になってないから言えることで、多分本当に大きな不幸がやってきたら私は自分の選択を悔いるだろうし、苦しむと思う。不幸になんてなりたくないし、事前に受け入れられる不幸なんてないのだ。でも選んでしまっている。ここなら幸せになれる、と思ってるからでももちろんなく、いつのまにかここにいる。不安定なところにいつの間にかきてしまって、ストイックなんて無縁になってしまって、だから覚悟を決めなきゃって焦って、不幸の可能性を受け入れようとしてるのだ。

いつも、悟りがなくて泣ける、って感じだ。煩悩と俗物性に擦り切れていく自分の心に、もうせめて、擦り切れても擦り切れても終わらない繊細さを持ち続けろよと願っている。不幸に慣れたら幸せにも慣れる。せめて心をいつまでもこの荒波にさらして、不安定に揺さぶられていたらいい。悟りがないならそれがいいよ。気づいたら堕ちてるなんてことがないように、強く、しぶとく、俗物であれ。その荒々しさでも生きられる、逃げ出したくならない楽園に（そんな場所があるって素晴らしいね）、いつまでも私はいてください。

大体のものが大体おもしろい

正直に言えば大体の娯楽・芸術作品には「いいなぁ」「おもしろいなぁ」と思ってしまいます。何かの作品を見た時に、「作家らしく鋭いことを言う」というのができなくて（そもそも作家らしくって何⁉）、映画館でも劇場でも読書でも、終わった後はニコニコしている。すごく胸に響いたとかそういうのは滅多にないが、ほどほどに楽しく満足、という顔をして大抵は出てこれる。もちろん個人的に許せない場面や展開があることはあるけど、でも、時間を無駄にしたとか、お金を無駄にしたとか、そういうことを考えたことはないかもしれない。私は他の人が作った、役に立つ情報とか、学びがある話とか、そういう利便性が皆無の「作品」に触れるのが好きなのだと思う。一つの作品に触れているという事実に満足して、それがつまらないかどうかに興味がそこまでないのかも。作品に触れたかぎりは、いいと思うところを探そう、とも思っているのかな。だからそういうよさを見つけては静かに満足しているし、よかったなぁと言う。でも、それを他人に勧めるかというと、勧めるか否か考えだしたとたんに冷静に「いやあの作品は本質的には面白くはないから」と黙ってしまう自分がたまにいるのだ。私はいつも、かなり前のめりに「満足しに行っている」から、なんでも楽しい。それは自分と作品の関係性についてては悪いことではないはずだが、でもあえていろんなことに鈍化して生きているなとはわかっていて、そこに気づくと居た堪れないのだ。「面白い」が私はだいぶ軽率なんだなぁ……って、それはちょっと恥ずかしかった。

人を楽しませるために作られているようなエンタメ作品は特にどれもこれも面白く見ています。そして、それはすごく強烈に好きになることがないからこそなんじゃないか、ともたまに思う。理想がそんな高くなくて、期待もしすぎていないんだろう。私はたぶん一貫して「暇潰し」としてそういう作品を見ている。そして、その真剣じゃないところに劣等感があるのかもしれない。暇潰しのほうが姿勢として劣っているという価値観が、そもそも大きく間違っているのだが。

私の作っているものが誰かの暇潰しになることと、誰かの人生の礎になること、どちらも同じくらい尊いことだと思っている。一生を付き合う友達になることと、すれ違いざまに困っているところを助けてくれた人とそのまま名前も知らずに別れること。そういうのはどちらだって素晴らしいこと。たまに私は忘れてしまいそうになるが、どんなに作り手が全てを懸けて作った作品も、誰かにある一日の、とても気軽に設けられた暇潰しの場を彩るひとつでしかないことがあり、それはむしろ作品にとって誇らしいことなのだ。誰かの人生の断片に、他者が作ったものが入り込んでいくこと。軽い気持ちで、少しだけ期待され、手を伸ばしてもらえること。それはもちろん、強烈にその作品が好きな人からすれば「もっと真剣に見てくれよ」と叫びたくもなることなんだろう。その気持ちはわかる。私ももものすごく好きな作品や人はいて、そういうのはみんなに同じくらい真剣に見てほしいって願ってしまう。でも、それが全てではなく、全てではないからこそ、人の作り出す娯楽や芸術は人生の細かなところにも、ほんの一瞬にも、大地に染みる水のように広がって、行き渡っていくんだろうと思う。娯楽や芸術は、本当の意味で、人生を豊かにすることができる。人生を変える大きな出会いだけでなく、そうやって細かなところまでずっと何かがそばにあるということこそが「豊かさ」だと私は思うし、その豊かさがあるから、たまに人は一つの作品に深く深く潜っていける。人生の大イベントになる前にずっと近しいところで「生活」としてあった作品に触れてきたから、必要な時に飛び込めるのだ。気まぐれに見に行った名前もよく覚えていない画家の個展だとか、友達の家で流し読みした漫画の数巻とか、もう記憶の片隅にぼんやりしか残っていない、喫茶店のテレビに映っていた知らない映画の一場面。人は、その人の「大切」にはならなかったさまざまな芸術と、本人も覚えきれないほどたくさん一緒に時を過ごしている。素晴らしいことだ。そういう点があるからこそ、芸術は人が作れる花なのだと思います。特別な大きな花束はもちろんいつまでも大切に記憶するだろうけど、道端に咲いていた花がもしも消えてしまったら、急に淋しく虚しくなるだろう。ふと見た花を美しいと思えるのは、それまで、毎日どこかで花を見て生きてきたからだ。そこにただあって、それだけで素晴らしかったのだと思う、たとえ大して記憶に残らない花であっても。それがある町は、美しいよ。

私はなんでも面白がるからいつも、人に何かをお薦めするとき本当に考えあぐねてしまう。特に最果タヒとして何かをお薦めするのが、心配になる。私は大抵のものが面白いんだけど大丈夫です？　と不安になる。いや、面白かったのは事実なんだけれど、そして「面白いものが無数にあること」を私は、かっこよくはないけど、まあ、しょうがないし、悪いことではないよな……と思っている。かっこよくないな……と思うのをやめられたらいいのにね。でも全然そうならない、むしろ面白かった作品について、どう面白いと思ったかを考えてつらつらつらつら自分に嘘をつかないように、でも克明に、軽率な好きにも正直になって書こうとすると、言葉がどんどん細かなピンセットみたいになって、軽率だろうがほんのりの「面白かった」であろうが、その中身がちゃんとその作品に応対した、たくさんの気持ちや考えで作られているのがわかって、軽率だけど、軽んじていい感情じゃなかったなと気付かされる。書くって凄くてね、軽い気持ちの「楽しい」も、ちゃんと書くために見れば緻密な特別な感情なのだ。人の心ってすごいな、と思う、特大の大好き以外の気持ちも全部、細やかに作られたケーキみたいによくできている。それらを眺めることができるから、私は自分の能天気で軽率で、若干緩いセンスをそのまま垂れ流して書くのが大好き。作家らしくはないのかな? 作家らしくはないのかな、と言いながらこんなに作家らしいことないよなぁとも正直図々しくも思っております。

文庫版あとがき

私は私の欠点のことをよく知っているし、人に指摘されて真っ赤になるようなときって昔も今も「図星だったから」なのだろうとわかっている。自分に欠点があることそのものに腹が立っているかというと微妙で、私はそんなに完璧な人になりたくも、なってるつもりもなかった。好きな人たちのことを、完璧だから好きとか思ったことがないな。どちらかというと、あなたはこんなところがあるんだよねとふと思いを馳せるとき、それは単なる長所というより、人によっては欠点になりかねないところのことを思ってのことが大半だ。うまく話せないとか目が見られないとか。そういうの、それでも話す内容は優しいんだよなぁ、と思うと、それまでの欠点ぽいところまで全部宝物みたいに思える。人を好きだなぁとか素敵だなぁと思うとき、長所のようなところだけを見ているというより、その人丸ごとをいつのまにか見つめていて、そこにはいつも良くないと言えるはずのことも含まれている。むしろ、くっきりと見えているんだ。

他人に対してそうだから、私は私に対しても結局そう思おうとしているんだろう。「人に欠点があること」に多分、年々慣れている。人に対して「こんな人」であることに腹を立てたりすることそのものが大部分はしょうもなくて、だって他人なんだもの。びっくりするような価値観の人はいるし、加害性の高い人には怖くて近づけないが、それでも、半分くらいの「えっ、そんなことするんだ……」には、うそ〜？　まじですか〜？　と声に出せて言えたらそれでよかったりする。そうやって言えたら、実はもやもやしたところが消え去ってしまったりもする。(ということに最近気づいた。)やり方が雑だよ!　とか、言い方!　言い方がやばい!　とか、指摘して相手と笑えたらそれでよかったりもしている。そこで何も言えず相手との価値観の差にひいて、顔を真っ青にして家に帰って、人間って嫌いだと泣いてた小学生のころの私には、「好きな人」はそんないなかったし、人はみんな怖かったし自分のことも好きにはなりようがなかった。今は、もう人間は思ったよりぐちゃぐちゃでカオスなんだなと思うようになった。もちろん、それでも、私はずっと自分の中ですぐ泣き出してすぐ怖くなって自分の欠点全部が恥ずかしい子供時代の私を抱えているのだけど。いいんだ、これで、こんなもんでいいんだから、行こう!　と、そこから一歩踏み込んでいけたらいいね。つまりずっと、踏み出すだけ。基本の立ち位置はあのころのままなんだろうな。

私の話はどれくらい「今更」な話でしたか。私は自分がいろんなことに慣れようとして、でもなにもかもにまだ不慣れで、それをべそべそ気にして原稿にしてるって感じがする。周りはみんなもっと世界に慣れてて、プロ級の人間だって思うから、自分がすごく「今更」な話をしてるってたまに思う。でも案外、他の人が前のほうを歩んでるのではなく、ただみんなつねに「勇気を出して一歩踏み出してる」だけだとしたら、とも考える。大人にはなれない。人間をやるには100年は短い。私はプロ級になりたいのではなく、勇敢になりたいだけだなぁと思う。ずっと踏み出していきたい。べそべそと今更みたいなことを言っててもいいや。そして多分、私は私を完璧にしたいわけではなく、完璧に愛したいわけでもなく、勇敢に愛したいだけなのだろうなとも思う。

初出

成人の日に。　時事通信社「成人の日に寄せて」（二〇一九年十二月）

まったく器が大きくないよ　書き下ろし

幸せになりたいとかはない　書き下ろし

大体のものが大体おもしろい　書き下ろし

私はだれも救えない。　単行本『コンプレックス・プリズム』（二〇二〇年三月）

心をあなたに開かない。　単行本『コンプレックス・プリズム』（二〇二〇年三月）
恋愛って気持ちわるわる症候群　単行本『コンプレックス・プリズム』（二〇二〇年三月）
全てはにわかから始まる。　単行本『コンプレックス・プリズム』（二〇二〇年三月）
結論至上主義破壊協奏曲　単行本『コンプレックス・プリズム』（二〇二〇年三月）
言語化中毒　単行本『コンプレックス・プリズム』（二〇二〇年三月）
そのほかの作品はすべて、大和書房WEB連載「コンプレックス・プリズム」（二〇一八年六月～二〇二〇年三月）を再編集・加筆修正したものです。

本書は小社より二〇二〇年三月に刊行された『コンプレックス・プリズム』に、書き下ろしの三作品「まったく器が大きくないよ」「幸せになりたいとかはない」「大体のものが大体おもしろい」を加え、再編集して文庫化したものです。

最果タヒ（さいはて・たひ）
詩人。1986年生まれ。2008年『グッドモーニング』で中原中也賞受賞、2015年『死んでしまう系のぼくらに』で現代詩花椿賞受賞。『夜空はいつでも最高密度の青色だ』は2017年石井裕也監督により映画化された。詩集に『愛の縫い目はここ』、『天国と、とてつもない暇』、『夜景座生まれ』、『恋人たちはせーので光る』、『さっきまでは薔薇だったぼく』、『不死身のつもりの流れ星』など。小説に『星か獣になる季節』、『十代に共感する奴はみんな嘘つき』など。エッセイ集に『きみの言い訳は最高の芸術』、『もぐ∞』、『「好き」の因数分解』、『神様の友達の友達の友達はぼく』など。訳書に『千年後の百人一首』（清川あさみとの共著・現代語訳）、『わたしの全てのわたしたち』（サラ・クロッサン著、金原瑞人との共訳）、対談集に『ことばの恐竜』、絵本に『ここは』（絵：及川賢治）がある。

だいわ文庫

コンプレックス・プリズム

著者　最果《さいはて》タヒ
©2023 Tahi Saihate Printed in Japan
二〇二三年八月一五日第一刷発行

発行者　佐藤 靖
発行所　大和《だいわ》書房
東京都文京区関口一－三三－四　〒一一二－〇〇一四
電話　〇三－三二〇三－四五一一

フォーマットデザイン　鈴木成一デザイン室
本文デザイン　佐々木 俊
漫画　嘉江
本文印刷　信毎書籍印刷
カバー印刷　山一印刷
製本　小泉製本

ISBN978-4-479-32064-7
乱丁本・落丁本はお取り替えいたします。
https://www.daiwashobo.co.jp

だいわ文庫の好評既刊

谷川俊太郎 鴻上尚史	そんなとき隣に詩がいます 鴻上尚史が選ぶ谷川俊太郎の詩	「さみしくてたまらなくなったら」「家族に疲れたら」……。すべての詩の中から鴻上尚史が選びエッセーをつけた人生処方詩集。	800円 463-1 D
鴻上尚史	孤独と不安のレッスン	「ニセモノの孤独」と「後ろ向きの不安」は人生を破壊するが「本物の孤独」と「前向きな不安」は人生を広げてくれる。	680円 189-1 D
吉本隆明	ひきこもれ ひとりの時間をもつということ	「ぼくも『ひきこもり』だった!」――思想界の巨人が普段着のことばで語る、一人の時間のすすめ。もう一つの社会とのかかわり方!	571円 44-1 D
*山口路子	サガンの言葉	『悲しみよこんにちは』のフランス人作家サガンによる孤独と愛の名言とは。眠れぬ夜を知っている全ての人へ。	700円 327-8 D
齋藤孝 選・訳	サン=テグジュペリ 星の言葉	星の輝きのように、優しくそっと光をなげかけてくれる言葉が、寂しいとき、疲れたとき、くじけそうになったとき、力になります!	700円 9-2 D
アルテイシア	言葉の護身術 モヤる言葉、ヤバイ人から心を守る	ジェンダーの押し付け・マウンティング・セクハラ・パワハラ……女子を困らせる「モヤる言葉」をかっとばす、痛快エッセイ!	840円 477-1 B

*印は書き下ろし

表示価格はすべて本体価格(税別)です。本体価格は変更することがあります。